Taschenbuchausgabe, 2018

Alle deutschen Rechte vorbehalten.

Copyright ©2018

Coverbild: Hans-Jürgen Geyer, Bielefeld

Covergestaltung: Stephan Kollmeier, Bielefeld

Self-Publishing, Books on Demand GmbH,

www.bod.de

Herstellung und Verlag: BoD – Books on Demand,

Norderstedt

ISBN 978-3-7528-5128-1

Reinhard Moh

GERMAN GLÜCKSKIND 2
IM SPIEGEL DER ZEIT

Die zweiten 25 Jahre
in 16 Episoden

Mit freundlicher Unterstützung und
Mitarbeit von

Sandra Ehrler

Eike Birck & Oliver Geyer

Ulrike Koch & Annette Rooch

sowie allen meinen lieben Zeitzeugen.

Zu diesem Buch

In seinem ersten Buch "German Glückskind - Nur wer sich ändert bleibt sich treu" erzählte Reinhard Moh (Jg. 50) von seinen ersten 25 Lebensjahre als eine spannende Reise vom Kindsein zum Erwachsenwerden mit allen Höhen und Tiefen des Lebens.

Begleiten Sie den Autor nun auf seinem nächsten Vierteljahrhundert im „(Rück)Spiegel der Zeit", bei der Reinhard Moh Sie persönlich mitnimmt auf seinen Reisen beinahe rund um den Globus.

Lassen Sie sich mitnehmen auf eine musikalische Zeitreise durch die Rock- und Pop-Geschichte dieser Zeit und erleben Sie hautnah die spannende Metropole New York, fahren Sie mit ihm in Lissabon mit dem Elevador de Santa Justa hinauf in die Oberstadt oder tauchen Sie ein in den Gardasee, den Lieblingssee der Deutschen, oder begeben Sie sich mit diesem Buch auf eine Reise im Zug nach Paris. Der Autor macht Sie auch mit interessanten Menschen bekannt, die glücklicherweise seinen Lebensweg gekreuzt haben.

Seien Sie gespannt auf die Schwarz-Weiß-Fotografien von Baron Wolfman, dem ehemaligen Fotografen des "Rolling Stone", dem amerikanischen Starfotografen Chris Felver, dem deutschen Filminstitut, Kai Schäfer aus Düsseldorf, Hans-Jürgen Geyer †, Sandra Ehrler und Angelo Novi, dem Fotografen von Sergio Leone.

Für meine Tochter Heike

Tochter und Vater, Fotobearbeitung © Sandra Ehrler

„Mein Weg ist mein Weg"

Begegnung mit Klaus Hoffmann
Savoy Theater Düsseldorf, November 2017

Klaus Hoffmann und Reinhard Moh, Foto © Sandra Ehrler

„Bleib Dir gut", wünscht er mir!

Von Klaus Hoffmann für Reinhard Moh

Sandra Ehrler, Reinhard Moh und Klaus Hoffmann,
Foto © Sandra Ehrler

Aus einem Brief von Klaus Hoffmann an mich vom 15.02.18:

Mein Weg ist mein Weg und kein Schritt führt mich mehr zurück. [...] Für mich, Klaus Hoffmann, ist es immer wichtig gewesen und hat mich dahin geführt, wo ich heute bin.
„Klaus wünscht Ihnen ganz viel Erfolg für Ihr Buch und viel Kraft im Kampf gegen Ihre Krankheit!"

WAS BISHER GESCHAH ODER 25 JAHRE VORHER

Reinhard Moh erzählte von spannenden, prägenden und glücklichen Momenten der ersten 25 Jahre seines Lebens. Er ließ die Leser und sich selbst in vergangene Zeiten zurückkreisen. Sie wurden „Augenzeuge" von einer wunderbaren und aufregenden Odyssee durch die noch junge Republik und die damalige DDR.

Auf dieser Zeitreise beschrieb das German Glückskind in ausgewählten Episoden seine Kindheit, das Heranwachsen, den Zeitgeist und die Kultur der 50er, 60er und frühen 70er Jahre. Dabei ließ er die Leser mit viel Leidenschaft, liebevollen Details und immer mit einem lachenden und einem weinenden Auge, ungeschminkt an seinem Leben teilhaben.

Er lud die Leser mit ein, ihn noch einmal an wichtige Stationen im ersten Viertel seines Lebens zurückzubegleiten. Es gab auch genügend Raum für die Rock- und Pop-Musik, der Filmkunst, den Comics und überhaupt dem geschriebenen Wort für die Fans einzelner Songs, Bücher oder Stars der Vergangenheit.

Zwei Rezensionen auf Amazon von Menschen, die das Buch tatsächlich gekauft und gelesen haben:

Von Helmuth Westhausser
„Dieses Buch beschreibt Episoden aus den ersten fünfundzwanzig Lebensjahren des Autors.
Es ist der Versuch, mit seiner Lungenkrebserkrankung umzugehen und sie zu besiegen. Ich konnte Herrn Moh zufällig persönlich kennenlernen. Mich hat tief berührt, mit welch positiver Lebenseinstellung und Zuversicht er gegen seine Krankheit ankämpft."

Von Elke Tripp
„Wer viel erlebt hat, der kann auch viel erzählen! Herzliche, detaillierte Episoden, von großer Genauigkeit und Präzision geschrieben. Bemerkenswerte, tief liegende und berührende Einblicke in seine Jugendzeit. Ehrliche und aufrichtige Wiedergabe seines Lebens. Die Ehrlichkeit und Hoffnung erfüllen das Buch. Muss sich das Leben erst von seiner anderen Seite zeigen, um solch eine Biografie zu schreiben."

Inhalt

PROLOG

Als ich bewusst anfing zu denken oder mir klar wurde, dass auch ich zur Aufgabe hatte, mir Gedanken über die Welt und ihre Menschen zu machen, war es schon ziemlich spät in meinem Leben. Ein Drittel der Lebenszeit war da schon vorüber. Heute bin ich im letzten Drittel angekommen und zähle mittlerweile achtundsechzig Jahresringe. Die Drittel gibt es auch beim Eishockey und wenn ich Glück habe, komme ich in die Overtime. Sollte ich die überstehen, bleibt noch das Shout-Out zum Überleben.

Mein bisheriges Leben als „German Glückskind" mit immerhin schon fast vier Jahre überstandenem Lungenkrebs und dem starken Willen noch etwas mehr Zeit auf der Welt zu verbringen, gibt mir die Zuversicht aus dem Shout-Out als glücklicher Sieger hervorzugehen.

Siege im Sport sind meist Teamleistungen und so ist es auch bei mir. Viele Menschen haben mich begleitet, unterstützt und beschützt. Sie gaben immer den Staffelstab an andere weiter, denn ich war zeit meines Lebens getrieben von der Sucht zu fliehen, mich zu verändern, liebe Menschen zu enttäuschen oder zu verlassen.

Was die Welt betrifft, erfuhr ich in all den Jahren vieles von den Schreibern und Sängern, die ich bis heute bewundere und verehre. Durch sie erfuhr ich von Ländern und Menschen, die mir sonst verschlossen geblieben wären. Sie sangen oder erzählten nicht nur von der Liebe, sondern auch von den unzähligen Toten in den überflüssigen Wirtschafts- und Religionskriegen, dem ewigen Hass, dem Neid und der Missgunst der Menschen.

Viel Platz nahm auch das Glück im Allgemeinen ein und all das hat mir geholfen, mit dem Denken zu beginnen und mein Bewusstsein täglich aufs Neue zu erweitern. Das geht, wie ich bei mir feststelle, auch ganz ohne Lysergsäurediethylamid, genannt LSD.

Die von mir bis heute bewunderten und verehrten Künstler/innen, Vordenker/innen und Menschen, die mich inspiriert und begleitet haben, sind Persönlichkeiten wie:

Hermann van Veen, Dr. Wolfgang Böllhof, Klaus Hoffmann, John Lennon, Yoko Ono, Georg Lösekann, Georg Danzer, Stefanie Werger, Folker Seemann, Ludwig Hirsch, Christa Wons, Hannes Wader, Elke Zimmermann, Die Toten Hosen, Wolfgang Ambros, Fabian Wehler, Herrmann Hesse, neuerdings auch J.D. Salinger, Thomas Kommerell, Udo Lindenberg, Heinz Müller, Carson McCullers, Hans-Jürgen Geyer, Michael Geyer, Wolfgang Niedecken, Rosmarie Geyer, Oliver Geyer, Heike Kottas, Wolf Biermann, Sandra Ehrler, Robert Zimmermann, Kai Birck, Thomas van Dyck, Joan Baez, Ulrike Koch, meine Schwester Irmtraud, Baron

Wolman, Florian Weißinger, Chris Felver, Hans Ulrich und Elke Heidenreich.

Um allen gerecht zu werden, reicht in diesem Buch der Platz nicht. Da macht der Lektor Oliver sicher nicht mit und ich bin noch bis Weihnachten mit dem Aufzählen beschäftigt.

Doch egal wer, was und wann es war, alle hatten in meinem Leben für mich und meine Entwicklung in der zweiten Lebenshälfte einen besonderen Stellenwert. Sie waren die Steigbügelhalter für meine Entwicklung vom Volksschüler zum nachdenkenden Glückskind. Letztlich drückten mir alle ihren Stempel auf und prägten mich als der Menschen, der ich heute bin. Das war aber ein harter, mitunter steiniger Weg für mich, auf dem ich leider auch verletzte Seelen zurückgelassen habe. Heute tut mir vieles leid, aber ich konnte und wollte den Zug des Lebens nicht stoppen und schon gar nicht bei voller Fahrt abspringen.

Wie es sich für ein „deutsches Glückskind" gehört, begegnete ich auf meinen Irrwegen oder mitunter auch auf den geraden Straßen einigen meiner Vorbilder persönlich.

Und halt, es war am 06.12.2017, am Nikolaustag, als ich meine sechste, mit viel Liebe von meiner langjährigen, 28 Jahre jüngeren Freundin Sandra vorbereitete rote Adventskalendertüte in der Hand hielt. Wir saßen in ihrer Düsseldorfer Wohnung, meinem 14-täglichen

19

Exil, und ich öffnete ganz aufgeregt und mit kindlicher Vorfreude meine Tüte. Ich bin immer aufgeregt bei besonderen Anlässen. In der Tüte mit der aufgeklebten Sechs und der goldenen Kordel befanden sich, was für eine Überraschung, zwei Karten für ein Konzert von eben einem dieser Vorbilder, Klaus Hoffmann. „Oh, super!", sagte ich und fragte Sandra weiter: „Wann sehen wir ihn im nächsten Jahr?" „Dann schau doch mal richtig hin", entgegnete sie. Jetzt sah ich es und war begeistert. Schon drei Tage später saßen wir im Savoy-Theater.

Vor drei Jahrzehnten war ich schon mit meiner damaligen Partnerin Rosi, von der ich später noch erzählen will, dem Barden, Gaukler und Liedermacher Klaus Hoffmann von Hannover bis Hamburg nachgereist. Aber warum eigentlich?

Ich hörte und las von ihm und sah ihn als jungen Werther im Fernsehen, aber ich wollte seine Lieder lebendig und live hören, seine Gesten sehen und seine Texte, die mir von Anfang so nah waren, wie Tabakrauch inhalieren. Es gab schon Tonspuren, die ich früh im Herzen anlegte, doch damals vor tatsächlich über 30 Jahren, kam Klaus Hoffmann neu dazu. Die Tonspuren **„Ciao Bella"** oder **„Hinter Türen"** sind sofort klar und deutlich auf jedem Weg abrufbar, den ich auch Jahrzehnte später singend gehe.

Es sollte ein besonderer Novemberabend irgendwann in den 80ern werden, denn ich fuhr damals gemeinsam mit Rosi, mit der ich über fünfzehn Jahre ein Paar war und die oben auch mit Recht aufgeführt ist, ins Savoy nach Hannover um zum ersten Mal Klaus Hoffmann live zu sehen.

Ich wohnte ja inzwischen in Bielefeld und nach Hannover war es nur eine gute Stunde Fahrt. Als wir den unbestuhlten Saal betraten, war er nur halb gefüllt und es gab keinen Vorhang, sodass der Blick auf die Bühne frei war, auf der die Instrumente der Musiker und das Mikro von Klaus standen. Links oben aber, an der Decke der Bühne, leuchtete der Schriftzug „CIAO BELLA", das C ging schwungvoll in Weiß zum B der „BELLA" und am Anfang des schwungvollen C strahlte ein Stern.

Der Bella wegen zog es mich ja zu ihm hin, denn der NDR 2 Club spielte einmal die ganze Platte. Als ich dann den Song **„Hinter Türen"** hörte, fragte ich mich: „Woher kennt der denn mein Leben?" Der Text raste wie eine Zeitmaschine aus der Vergangenheit auf mich zu. Auf der Rückfahrt spielte ich im Wagen eine Kassette mit seinen Songs ab. Nach dem Klick-Klack durch den Einschub ins Radio sagte ich zu Rosi: „Los geht's!", und Klaus fing an zu singen. Er war in seinen Liedern auf der Suche nach der Kindheit – genauso wie ich!

In der damaligen hohen Zeit der Liedermacher war er auch des Öfteren in Puddingtown, so auch wieder an einem Wintertag im November. Es war so wie einen guten Freund zu treffen, der von seiner Kindheit erzählt und danach gibt es Wein, Weib und Tanz. Den

Wein gab es für Rosi und mich aber erst nach dem Konzert. Rosi hatte sich übrigens auf meinen Wunsch hin ihre Haare kurz schneiden lassen, meine Ex-Frau Chris hatte das auch für mich getan, nur Sandra weigert sich bis heute standhaft und entschlossen. Das mit meiner Begeisterung für Kurhaarschnitte fing mit meiner ersten Portemonnaie-Liebe Angelika Meißner, die Dick vom Immenhof, an. Sie hatte damals damit angefangen und ich hatte mich noch mal in sie verliebt. Ja, ja, sowas kommt von sowas.

Rosi und ich waren nach dem Konzert noch lange bei unserem Freund Fredo, „DER KOCH", und tanzten bis in den Morgen hinein. Klaus war nicht persönlich dabei, aber er hätte sicher seine Freude an uns Dreien gehabt. Dieses Ritual bei Hoffmann-Konzerten wiederholte sich genauso wie das mit unserem Freund Olaf. Regelmäßig tauchte in den Bielefelder Konzerten wie aus dem Nichts erst zu den Zugaben, meist zu „Salambo", der Olaf auf. Olaf war ein Bekannter von Steffi, Rosis Tochter. Aber wieso sah man ihn immer nur am Ende ganz in unserer Nähe stehen, sobald bei den Zugaben in der Oetker-Halle keiner mehr auf seinem Platz saß? Ich habe es nicht herausgefunden, vermute aber, dass er den freien Eintritt am Ende des Events genutzt oder seinen Hund gerade Gassi geführt hatte, der Olaf. Auf jeden Fall gehörte er irgendwie dazu und war er mal nicht da, gab man es nicht auf, ihn mit Blicken zu suchen.

Jetzt stehe ich nach all den Jahren wieder vor einem Savoy-Ballroom Theater, neben mir Sandra, die ich liebevoll Sandy oder manchmal auch „German Mecker-Liese" nenne, woraufhin sie mir prompt den Kosenamen „Nörgel-Peter" verpasst hat.

Es ist zum Teufel noch eins schon wieder so ein Wintertag, diesmal im Dezember, und in Düsseldorf hat es angefangen zu schneien. Mit klopfendem Herzen stehe ich am Kartenhäuschen mit dem kleinen silbernen Guckloch in der Scheibe und einer sehr netten jungen Frau dahinter. Zu Hause hatten wir einen Brief für den Sänger geschrieben, ihm von meiner Krankheit und meinem Buch darüber erzählt.

„Lieber Herr Klaus Hoffmann, neben meiner medizinischen Therapie und der begleitenden Buchtherapie in Zusammenarbeit mit dem Klinikum Bethel ist die Musik der dritte Baustein im Kampf gegen das Monster Lungenkrebs. Über eine kurze Botschaft für meinen zweiten Teil, von Ihnen, würde ich mich ganz doll freuen."

Also frage ich die junge Dame: „Wie mache ich es am besten, dass mein Brief Herrn Hoffmann erreicht?" Sie sagt: „Kein Problem, ich gebe ihn ganz bestimmt hinter der Bühne persönlich ab." Ich bin froh und gespannt, ob und wann ich wohl eine Reaktion erhalten werde. Beruhigt suchen wir unsere Plätze. Kein „CIAO BELLA"-Schriftzug und keine Instrumente von Musikern, nur ein E-Piano mit Synthesizer, eine Gitarre und das

Mikro. Der dunkelrote Vorhang ist offen und dann tritt Klaus Hoffmann auch schon auf die Bühne. Er ist für mich der Superstar der Chansonniers und mit seinem musikalischen Partner und Pianisten Hawo Bleich gelingt ihm ein Konzert, das uns beide vor der Bühne mehr als berührt. Wir hören alte und neue Lieder der Spitzenklasse. Seine Lieder sind wie Tagebucheinträge und er ist immer noch nach alle den Jahren auf der Suche nach seiner Kindheit.

Es sind die leisen Zeichen, die er an diesem Abend besingt und die mich so sehr an mein Leben erinnern. Die Musik, die Texte holen innere Bilder hervor, ausgelöst durch Farben, Töne, die aus der Versenkung meines Herzens auftauchen.

Meine erste musikalische Lesung 2017 wurde mit dem Song **„Mein Weg ist Mein Weg"** von Nena eröffnet. Das Original ist natürlich von Klaus Hoffmann und er spielt es als allerletzte Zugabe. Sandra und ich sind sehr gerührt und dankbar dafür. Einen schöneren Schluss hätte es nicht geben können. Ein echter Gänsehautmoment.

Nach Ende des Konzertes bleiben wir noch eine Weile an unseren Plätzen stehen, sind glücklich und fühlen uns wohl in dem sich nun langsam leerenden Saal. Wir haben keine Eile, nehmen ja die Straßenbahn zurück und wollen auch den Andrang an der Garderobe etwas abflauen lassen. Als wir unsere Mäntel haben, bildet sich vor einer Leuchtreklame, auf der mit blauer Schrift der Name „Apollo" zu sehen ist, eine

Menschentraube. Wir fragen die Garderobiere: „Was ist da denn los?" „Mmmmh", sagt sie, „das ist ein kleines ehemaliges Theater, was jetzt aber als Künstlergarderobe genutzt wird." Just in diesem Moment öffnet sich ein kleiner Spalt in der Menschentraube und da steht er. Er gibt Autogramme, hat eine Brille auf und lächelt die Menschen an.

„So", denke ich, „nichts wie hin. Nach so vielen Jahren und Konzerten, kann ich ihn heute endlich sogar persönlich kennenlernen." Wir sind als Übernächste dran und stehen vor dem Verkaufsstand, von dem sich Sandra im Vorbeigehen schnell noch eine Biografie für 20,00 € schnappt, damit der liebe Klaus zumindest „Für …" schreiben kann. Das muss schon sein. Kurz bevor wir dran sind, bin ich ziemlich aufgeregt. Lampenfieber. Das zeigt sich nicht zuletzt daran, dass ich vor Nervosität auf die Schnelle einfach nicht die Verpackung des Buches aufbekomme, um für die Signatur auch gewappnet zu sein. Nicht zu ändern, das muss Sandra jetzt machen. Sie nimmt mir das Buch liebevoll aus den Händen, wickelt es aus der Hülle und schon ist es soweit, wir sind an der Reihe.

Ich stelle mich kurz vor und erwähne den Brief. „Ach", sagt er, gefolgt von einer kurzen Pause, „Du bist das!" und schaut mich genau an. Er hatte tatsächlich in der Pause unseren Brief gelesen. Wir unterhalten uns lange und mir ist wichtig ihm zu sagen, was mir seine Lieder bedeuten und dass auch seine Musik eine wichtige Therapie gegen meine Krankheit ist. Klaus

Hoffmann ist sehr freundlich, verbindlich, nimmt sich wie selbstverständlich die Zeit für unser Gespräch, signiert in aller Ruhe seine Biografie für uns und stimmt sofort zu, gemeinsam ein Selfie zu machen. Sandra zückt ratzfatz ihr schon in Lauerstellung befindliches I-Phone und fotografiert erst uns drei und dann auch noch Klaus und mich und hält damit einen wichtigen und bewegenden Moment in meinem Leben in Bildern fest.

Mein Weg ist mein Weg / Klaus Hoffmann

Als wir auf dem Heimweg und kurze Zeit später wieder zuhause sind, müssen wir das Erlebte erst einmal sacken lassen. Der Abend, die Musik, das persönliche Zusammentreffen mit Klaus - das alles hat bei uns beiden einen bleibenden Eindruck hinterlassen.

Kaum in der Wohnung angekommen wird natürlich – „Alexa" sein Dank (Habt Ihr auch eine „Alexa"? Kann ich nur empfehlen!) – die Musik von Klaus Hoffmann abgespielt. So klingt der Abend mit berührenden Songs bei einer guten Flasche Rotwein aus und es ist klar: Dieser Konzertabend ist nicht nur für mich etwas Besonderes gewesen, sondern Klaus Hoffmann hat es heute auch geschafft einen neuen Fan zu gewinnen, denn Sandra ist von ihm, seinen Zeilen und seiner Person nun ebenso begeistert und berührt wie ich.

Alle anderen genannten Persönlichkeiten, die mein Leben maßgeblich mitbegleitet haben, werdet ihr auf den folgenden Seiten auch noch wiedertreffen.

The Kinks singen in **„Celluloid Heroes"**:
Everybody's a dreamer,
And everybody's a star,
And everybody's in movies,
It doesn't matter who you are. (Text: Ray Davies)

Also dann, auf geht's.

Begleiten Sie mich auf meiner Reise.

DIE FEHLENDE SOCKE

„1999"

Ein Flashback ins Jahr `73. Die blonde Frau mit den noch blonderen Kindern war, wie sich erst vor einigen Wochen herausstellte, eine Freundin von Sabine – ja, die Sabine aus Nagold, mit der ich im ersten Teil der Trilogie „German Glückskind" ein rasantes Facebook-Interview führen durfte.

Im Gegensatz zu Sabine, mit der mich nur Schwärmerei verband, hatte ich einen Sommer lang mit der Frau in Blond eine kurze, aber heftige Affäre. Ihre noch blonderen Zwillinge schliefen schon, als ich drei Mal leise an die Balkontür klopfte und sie mir in nicht mal einer Zehntelsekunde strahlend gegenüberstand. Das war Rekord. In der Provinz hatten die Nachbarn überall ihre Augen und Ohren. Das Kopfkissen als Unterlage für die Arme, damit man es beim Glotzen aus dem Fenster länger aushielt, war auch im Schwarzwald Standard.

Es war Hochsommer und auch am Abend noch über 30 Grad Celsius warm. Sie hatte gerade geduscht, ein leichtes Badetuch umhüllte ihren trotz der 36 Jahre und den Zwillingen noch tadellosen Körper. Ihr langes, blondes Haar war jetzt dunkel von der Nässe und einzelne Wassertropfen perlten langsam daran ab. Sie sprang mich durchaus sportlich an und landete so in meinen Armen, dass ich unter ihrem Popo Halt fand und gerade so verhindern konnte, dass wir zusammen umfielen. Ihren Schwung aufnehmend gingen wir uns weiter küssend ins Schlafzimmer, in das sie mich per Handzeichen wie ein Polizist auf einer Kreuzung leise lächelnd dirigierte.

Nachmittags nahm sie immer mit ihren von der Sonne noch blonder gewordenen Kindern auf einer Decke direkt am Zaun zu den Tennisplätzen ihren Stammplatz ein, während ich auf der anderen Seite des Zaunes Training gab. Sie winkte mir dann fröhlich zu, als sich unsere Blicke trafen, und ich sah noch aus meinen Augenwinkeln, wie sie die Zwillinge zum Seepferdchen-Schwimmkurs beim Schwimmmeister abgab. Das war wie jeden Tag, wenn die Sonne schien, das Zeichen, dass ich zu ihr auf die Decke kommen sollte. Wir flirteten und alberten rum, denn die Sicht auf ihren Platz vom Schwimmbad aus war durch einige Bäume sehr eingeschränkt. Zum Tennisclub hin gab es ja nur den Zaun und außerdem drohte uns von dort keine Gefahr des Ertapptwerdens.

An diesem Sommertag verabredeten wir uns nun endlich für ein längst überfälliges Schäferstündchen am Abend bei ihr zu Hause. Lag es an der Hitze oder an meiner Suche nach Glück und Geborgenheit, dass ich nichts anderes als sie und Sex mit ihr im Sinn hatte? Waren meine Sinne durch die Aussicht auf Sex mit einer verheirateten Frau vernebelt, oder war es das Spiel mit dem Feuer auf dem Abenteuerspielplatz Leben? Dass wir uns bei ihr trafen, war riskant. Ihr Mann war zwar angeblich bei einem Manöver, aber er war bei den Gebirgsjägern und sicher auch sehr schlagkräftig. Ich hingegen hätte bei einer hoffentlich nie vorkommenden Konfrontation wohl keine besondere Härte vorzuweisen gehabt. Vorm Prügeln hatte ich immer Schiss. Das Risiko zahlte sich nicht aus, denn wie es der Teufel oder eine andere Macht wollte, dröhnten schon bald von der Straße her die Motoren der Bundeswehr-Jeeps, mir bestens bekannt, laut ins Schlafzimmer der blonden Frau. Da die Männer aus der Siedlung offensichtlich noch irgendetwas lauthals auf der Straße zu besprechen hatten, konnte ich die nun notwendige Flucht fast nackt und nur mit einer Unterhose bekleidet über den Balkon wagen.

Die coole blonde Frau wies mir in aller Seelenruhe den Weg und legte dabei den Zeigefinger auf ihren Mund. Pssst! Während sie das tat, kickte sie gleichzeitig wie eine Fußballerin meine restlichen Sachen unter das Bett. Ich wusste, dass sie meine Sachen mitwaschen würde, da sie das schon häufiger mit meinen von der roten Asche verschmutzten Tennissachen getan hatte. Also machte ich mir über meine Kleidung keinen Kopf. In der Textilfachschule fragten mich Billa und Jürgen häufiger: Na, was macht dein Bratkartoffelverhältnis? „Mir geht es gut", sagte ich und mir war klar, dass die beiden Freunde mein Verhältnis zur blonden Frau meinten, bei dem ich mir nur die Annehmlichkeiten einer Liaison herauspickte, aber keine feste Bindung einging.

Beim nächsten Treffen im Schwimmbad brachte sie mir die Sachen mit und musste schmunzeln, da eine Socke fehlte. Sie war froh und meinte, es sei pures Glück gewesen, dass ihr Mann nichts bemerkt hatte. Die Anstrengungen seines Bundeswehrmanövers verbunden mit dem obligatorischen Alkohol hatten ihn schnell in Winnetous Reich versinken lassen. Wir zogen aber unsere Lehre daraus und überlegten, an welchem Ort wir wohl den abgebrochenen Abend weiterführen könnten. In der Sonne liegend erinnerten wir uns auch wieder an die zurückgebliebene weiße Tennissocke von der Firma Dunlop mit einem roten Streifen am Bund, und fragten uns, ob sie wohl traurig war so ohne ihren Partner. Wir überlegten, ob und wie wir sie von ihrer Einsamkeit erlösen könnten. Als mir zur Socke und zu einem geheimen Ort für unser nächstes abendliches Treffen schließlich nicht mehr viel einfallen wollte, nahm ich mal kurz den Spiegel zu Hand, blätterte von hinten nach vorne durch, und schaute, ob sich nicht irgendwas Lesenswertes fände.

Die neueste Ausgabe vom 30. Juli 1973 hatte zwar keine Plattenbesprechung, aber einen interessanten Artikel über einen meiner Lieblingsfilme „Casablanca". Er war es nur wegen Ilsa Lund alias Ingrid Bergmann. Der Artikel war witzig, denn darin hieß es, dass, als der Film im Jahr 1942 schon halb fertig war, das Ende der Geschichte noch immer nicht feststand.
„Wen liebe ich denn nun wirklich?", fragte Ingrid Bergmann bei den Dreharbeiten ein ums andere Mal. Regisseur Michael Curtiz und der Schriftsteller Howard

Koch wussten es bis dato noch nicht. Sie befanden sich im Wettstreit mit Bleistift und Kamera, bis es dann so weit war und klar wurde, dass „Ilsa" alias Ingrid Bergmann ihren „Rick" alias Humphrey Bogart liebte und nicht ihren Ehemann Victor Laszlo.

Lachend legte ich das Magazin zur Seite und die blonde Frau meinte, man könnte die Socke mit dem roten Streifen doch allein auf eine weite Reise schicken. Wir dachten kurz darüber nach, aber eigentlich gab es nur eine brauchbare Lösung. Unsere Wahl fiel auf die gute alte Flaschenpost, damals nicht ungewöhnlich, und vielleicht traf sie ja auf ihrem Weg zu Wasser einen Leidensgenossen irgendwo auf den Weltmeeren, der zu ihr passte. Wir stopften neben der Socke noch einen kleinen Zettel durch den Flaschenhals und baten die Finder, wenn niemand zu ihr passen sollte, die Flasche samt Inhalt in den nächstgrößeren Fluss, grobe Richtung Übersee, zu leiten. Wir verschlossen die leere Weißherbstflasche, ließen sie langsam in die angrenzende Nagold gleiten, und ich legte dazu die Single **„Wooden Heart"** von Elvis im kleinen Plattenkoffer auf. Ich setzte die Nadel genau auf die Stelle, an der er anfängt auf Deutsch zu singen. Wir sangen leise mit: *„Muss i denn, Muss i denn zum Städtele hinaus, Städtele hinaus, und du mein Schatz, bleibst hier?"*

Es dauerte bis ins Jahr **„1999"**, ich hörte gerade den gleichnamigen Song von Prince, als ich wieder von unserer Flaschenpost hören sollte. Es war ein junger

Mann aus Kanada, der nur über meinen Namen, Reinhard alias Billy Moh, nach monatelangem Suchen meinen damaligen Aufenthalt herausgefunden hatte und mir nur mitteilen wollte, dass die Flasche mit der Socke jetzt in den gewaltigen Fluten der Niagarafälle die Reise fortgesetzt hatte.

Die blonde Frau, die noch blonderen Kinder und die Flaschenpost habe ich bis zum heutigen Tag nicht wiedergesehen. Den jungen Kanadier sollte ich ein paar Jahre später treffen, besser kennenlernen und sein Freund werden. Es war für mich und meine Freundin Sandra Jahrzehnte später eine große Ehre seiner Hochzeit mit Corinna beizuwohnen, die Musik aufzulegen und für gute Stimmung zu sorgen.
Jeremiah Niekamp sollte mich auch endlich von dem Trauma befreien, das mein lebenslanges Ringen mit der englischen Sprache hinterlassen hatte. Wenn Ihr darüber und über die Hochzeit mehr erfahren wollt, müsst ihr leider bis zum Erscheinen des dritten Teils des „German Glückskindes" warten. Sorry!

ARIANE UND DER POP

„Forever Young"

Es war ein regnerischer Tag vor mehr als vier Jahrzehnten. Der Wetterbericht im Radio machte mir kaum Hoffnung mal wieder ein paar Sonnenstrahlen auf meiner Haut zu spüren. Ich wohnte ja noch nicht allzu lang in meiner neuen Stadt, die von den vielen „Tommys", die in der Stadt stationiert waren, nur „Rain Hole" genannt wurde! Die müssen gerade über Bielefeld meckern.

Dürkoppwerke Bielefeld, Foto @ Sandra Ehrler

Im Schwarzwald, also mehr im Süden der Republik, wo ich vorher gelebt hatte, war es viel sonniger und ich vermisste die Gegend und den Ort Nagold immer noch sehr. Da hatte ich meinen eigenen Staat mit der Villa Waldruhe als Schloss Bellevue, der kleinen Butze unter dem Dach als meinem Kanzleramt und meiner hauseigenen Diskothek. Dort war ich der Herr der schwarzen Scheiben, wenn alle Texer (Textilstudenten) am Sonntagabend wieder aus ihrem spießigen Zuhause zurückkamen. Es herrschte dann ein Gewusel wie in der Kuppel des Reichstagsgebäudes und alle waren außer Rand und Band. Die liebsten Freunde in meinem imaginären Staat hießen Jürgen und Billa, waren die blonde Frau mit den noch blonderen Kindern, der Hofsäss - der Klaus, Röschen, Agnes und noch ein paar andere. Mit einigen teilte ich mir die Villa Waldruhe zum Wohnen auf Zeit. Meine eigene von mir geschaffene Welt schützte mich vor der Vergangenheit, die mich täglich einzuholen versuchte.

Aber jetzt war ich ja hier in Ostwestfalen und es ging weiter im Leben. Sie, Ariane, lag angezogen – schwarzer Pullover, schwarze Hose und passend dazu ihre schwarzen Haare – auf meinem Bett, das, wie bei besitzlosen Studenten und Bürgern damals so üblich, nur eine Schlafcouch war. Wenn ich mich recht erinnere, habe ich mir das Ding im Second-Hand-Laden besorgt. Andere Möbelstücke waren der kleine runde Nierentisch, ein Schwarz-Weiß-Fernseher, ein kleiner schokoladenfarbener Kneipenhocker und mein Plattenspieler – alles Zeugen eines nicht gerade gehobenen Status des Wohnens. Die halb abgebrannte Kerze in der Whiskey-Flasche der Marke VAT 69 fiel sofort ins Auge, wenn man den Raum betrat. Statt Bildern hingen an der Wand Poster von Marsha Hunt und den Stones. Marsha inspirierte die Rolling Stones zu dem Song **„Brown Sugar"**: In den sechziger Jahren hatte die Sängerin eine Affäre mit Mick Jagger.

Vor einigen Monaten traf ich Ariane wieder, die ich über eine damalige Tennisschülerin, mit der ich ein Techtelmechtel begonnen hatte, kennenlernte. Bei unserem Treffen sagte sie mir jetzt, dass sie den Altersunterschied zwischen ihrer Freundin und mir nicht gut fand, denn meine Tennisfreundin war jung, sehr jung. Sie war süße „Sweet Sixteen". Geschichte wiederholt sich nicht, heißt es, aber scheinbar gibt es doch so etwas wie bestimmte Muster, die sich wiederholen. Zumindest in meinem Leben. Meine Freundin Sandra habe ich vor langer Zeit kennen und lieben gelernt. Sie ist achtundzwanzig Jahre jünger!

Ariane umwehte immer ein Hauch von Pop, ein wenig High Society und viel Intelligenz. Sie philosophierte herum, dass ich nur mit offenen Mund zuhören konnte. Sie versuchte, trotz ihrer gerade mal siebzehn Jahre, mir Volksschüler die Welt zu erklären. Bis heute habe ich das Universum in seiner Gesamtheit von Raum, Zeit, Materie und Energie nicht verstanden, obwohl sie es mit „Liebe zur Weisheit" versuchte mir zu erklären.

Sie nahm damals meine Einladung zum Tee an und fühlte sich wohl auch ein wenig geschmeichelt, wie sie mir später sagte. Ich war nicht ganz sicher, ob sie sich bei mir wohlfühlen würde. Da war ja nur Trödel, die Sauberkeit ließ zu wünschen übrig, und es fehlte eine Fluchttür. Eigentlich hatte ich eine wenig Angst, dass sie die Nase über meinen Bielefelder Zufluchtsort rümpfen könnte. Das war unbegründet, denn das tat sie keineswegs. Im Gegenteil, sie mochte mich und mein Umfeld und ließ mich zu keiner Sekunde spüren, dass sie in einer gut situierten Familie ohne Sorgen zu Hause war. Sie gab mir von Anfang an keine Gelegenheit, was sie betraf, in Schubladen zu denken. Bevor ich mich ob meiner Bleibe weiter schämen konnte, streckte sie mir, als ich mit dem Tee aus der Küche um die Ecke kam, mit beiden Händen ein Plattencover entgegen. Die Platte verdeckte ihr Gesicht und wurde für Sekunden zu einem performten Kunstwerk, das man eigentlich hätte fotografieren müssen. Doch wo keine Kamera, da auch kein Bild! Das schlicht in einem stahlblauen Ton mit einem braunen Schriftzug gestaltete Cover kannte ich noch nicht. Es zeigte ebenfalls zwei Hände, die an jedem der Enden der vier Gitterstäbe wiederum festgehalten wurden. Die hellen Sterne im Bild strahlten mit dem Schein meiner Kerze um die Wette. Ich vermutete hinter den Gitterstäben einen Menschen, der verzweifelt nach einem Ausweg aus dem All suchte oder sich nur verzweifelt aus der Unterwelt befreien wollte. Vielleicht glaubte er aber auch, dass nach all dem Bösen, das man ihm in den Jahren angetan hatte, es nun endlich Zeit wäre, dass die Hölle zufriert und er sich im Himmel in Sicherheit bringen könnte.

Wir schreiben das Jahr 1975 und Ariane hatte mir als Mitbringsel aus Kanada die LP **„Crime of the Century"** von Supertramp mitgebracht, mit acht gnadenlos guten Songs. Sie besuchte dort, weit weg von Zuhause, ein Jahr lang das „Rockway Mennonite Collegiate", das 100 Kilometer westlich von Toronto beheimatet war. Ja, okay, das ist eine private Schule und kostete sicher ein paar kanadische Dollars, aber das erwähnte sie mit keinem Wort. Das hab' ich erst 2017 gegoogelt. Durch Ariane erfuhr ich 'ne Menge über Bands aus Kanada, die heute noch einen guten Klang in meinen Ohren haben. Da hörte ich von den fantastischen Ozark Mountain Daredevils, deren Cover bunter als bunt war.

Jetzt war sie in ihrem Element und erzählte von den Men Without Hats, einer kanadischen Synthie-Pop-Band, die sie wohl sehr beeindruckt hatte und die, wie ich glaube, auch für ihre eigene Musik später von Bedeutung war. Erstaunt war ich über ihre Hymne auf die McCartney/Wings-Scheibe: **„Venus & Mars"**, die ich erst Jahrzehnte später für mich entdecken sollte, als ich mit Sandra ein Konzert von Sir Paul besuchte und der Song **„Letting Go"** richtig reinhaute.

Graffiti, Künstler unbekannt,
Foto © Sandra Ehrler

„Ach ja, wo hast du denn Supertramp aufgetan? Es muss dich ja wohl beeindruckt haben, oder?" „Ja", antwortete sie, „es war eine Party auf einem Hof in Kanada. Boxen, so hoch wie – was weiß ich. Ein extremer Sound. Es war eine sternenklare Nacht mit Fackeln im Sturm und einem Joint, der rumging. Noch Fragen?" „Nein", sagte ich und fügte noch hinzu: „Du warst gut drauf oder?" Sie nickte.

Zurück zum Plattenspieler, denn da lief gerade von der geschenkten Scheibe Track Nummer 5 **„Dreamer"**,

Träumer: „Du weißt, du bist ein Träumer, versuch mal, die Hände in den Kopf zu stecken – oh Schreck!" (Text ins Deutsche übersetzt, Originaltext von Roger Hodgson.)

Gemeint ist, nach Aussage vom Chef der Band Roger Hodgson, so was wie „Wenn du das tun kannst, was du alles willst, dann weißt du, dass du träumst und nicht wach bist", und der Träumer ist erschrocken, weil ihm nicht klar war, dass er träumt.

Wieso erkannte ich mich damals nicht darin, sondern erst heute? Ein Grund war natürlich, dass die Jungs Englisch sangen und mir der Text und der Sinn wie bei allen anderen guten Songs fünfzig lange Jahre verborgen bleiben sollte. Mein, und überhaupt das Leben mit der Musik, hatte mich schon lange nicht mehr losgelassen und vieles, was so an Gedanken in mir herumschwirrte, habe ich versucht, mit Musik zu entwirren. Auch suchte ich in ihr Trost, Halt, Liebe und Geborgenheit. Ich brauchte bald Verlässlichkeit in meinem Leben.

Olli aus B. fragte mich mal kürzlich, warum ich schon zum gefühlt tausendsten Mal **„You're So Vain"** auf einer meiner X-Mas CDs hatte, die ich immer gern zu Weihnachten zusammenstellte. Wochenlang dachte ich über die Frage nach und dann wurde mir bewusst, dass dieser besondere Song und viele andere Lieder heute fest in meiner DNA verankert sind. Sie bilden eine Säule der Verlässlichkeit in meinem Leben.

Als mein zweites Leben mit 25 Jahren Fahrt aufnahm, versuchte ich verzweifelt, der englischen Sprache auf die Schliche zu kommen, um die Texte der Lieder zu verstehen. Es war die verzweifelte Suche nach dem Zauberspruch à la Bibi Blocksberg „Mach aus Denglisch einfach Englisch. Hex, hex!"

So mogelte ich mich durch die Jahreszeiten, Jahre und sogar Jahrzehnte, bis ich als Glückskind wieder einen Treffer landete. Diesmal sogar im dreifachen Sinne. Wie es dazu kam, was es war und was Yoko Ono und ein von meinem Freund, dem Maler Hajü gemaltes, Bild von John Lennon damit zu tun hat, erfahrt ihr in einer anderen Story oder erst im dritten Band. Bis dahin würde ich mich freuen, wenn ihr weiter Spaß am Lesen habt.

Ari schrieb mir kürzlich auf Facebook, dass sie sich gut an unsere damaligen Treffen erinnern kann. Sie waren geprägt von langen Gesprächen und Aufregung ob der Zärtlichkeiten zwischen uns. Den größten Raum aber nahm diese unglaubliche Fülle von Musik und Philosophie ein. Ari hatte sogar ihre eigenen philosophischen Schriften verfasst und nutzte mich als Publikum dafür, denn ich war jedes Mal mega beeindruckt.

Die Einraumwohnung war oft erfüllt von Gitarrenriffs, bluesigem Gesang und auch der ewige Wettstreit der Beatles und Stones um unsere Gunst wurde hier ausgetragen. Dass sie damals schon mehr von Rockmusik verstand als ich, dass sie auch schon in jungen Jahren brillant texten konnte, war für mich kein Problem. Im Gegenteil. Das Wissen von damals ist heute für mich wichtiger denn je.

Staunend hörte ich zu, wenn sie über Musik redete oder auch nur laut dachte. Das war besser als vieles, was sogenannte Experten damals von sich gaben. Hätte ich nicht das große Glück gehabt, ihr über den Weg zu laufen, wären Gruppen wie Genesis, Yes, ELP, Pink Floyd, Gentle Giant und noch eine Menge neuer, anderer Bands vielleicht klanglos an mir vorbeigegangen. Besonders von der Mitte der 70er Jahre beginnenden Synthie-Pop-Musik verstand sie eine Menge. Ich war da ja mehr der Konsument. Sie aber hatte das alles im Blut. Etwas später nach meiner Zeit mit ihr gründete sie mit ihren Freundinnen Julia und Stefanie eine Mädchenband namens Girls Next Door. Der Vorteil meines noch jungen Lebens damals schien der zu sein, dass ich mir einfach keinen Kopf machte. Ich hatte nur die Musik, Tennis und eine große Klappe, war oft eingeschnappt, jähzornig, sensibel und arrogant zugleich. Basta! Ob ich in meinen wilden Jahren eventuell auch unter Hypersexualität litt oder einfach nur gern häufig Sex haben wollte, kann ich heute nicht mehr genau sagen. Den Sponti-Spruch: „Wer zweimal mit derselben pennt, gehört schon zum Establishment", habe ich nicht als Freibrief verstanden und frauenfeindlich war ich nie im Leben. Ari faszinierte mich, ihre Stimme hätte gut Soul singen können, ihre schwarzen lockigen Haare fielen ihr oft, manchmal auch absichtlich, ins Gesicht.

Nach Sabine, der Hamburger Deern aus der wilden Nagolder Zeit, rauschte wieder ein Freigeist in mein Leben und begann, den Brummkreisel Reinhard aufs Neue zu drehen und sein Bewusstsein für die eigene Existenz beziehungsweise für seine Umgebung zu schärfen. Oder so ähnlich.

Ari war wieder so ganz anders als die Mädchen, die ich vorher getroffen hatte, und sie hat bis heute Spuren in meinem Leben hinterlassen. Immerhin schreiben wir das Jahr 2018. Ich versuchte ja damals mit gerade mal 25 Jahren meinen Platz im Leben zu finden. Es gab keine Kontakte mehr zu den Menschen meines früheren Lebens, und es gab auch kein Zurück mehr!

Meine Ex-Frau und ihr neuer Freund heirateten, und unsere Tochter Heike Christina wurde gleich mitgeheiratet. Der Mann an Christas Seite wohnte in Marburg unglaublicher Weise in derselben Wohnung, in der ich meine Ex-Frau mal meinen Eltern vorgestellt hatte. Witzig, wenn dieses Kapitel meines Lebens nicht so traurig wäre. Aus Scham und Angst, man könnte mir auf die Schliche kommen, dass ich mal verheiratet war, eine kleine Tochter habe und beide nicht in mein Leben gelassen habe, löschte ich meine Vergangenheit auf der Lohnsteuerkarte, auf Ausweisen und auf sonstigen Formularen, auf den man seinen Status angeben sollte, aus. Das tat ich in der Hoffnung, noch einmal von vorn starten zu können, aber nicht wissend, dass die Vergangenheit in der Zukunft umso härter zurückschlagen würde. Meine für mich so wichtige Freiheit zu genießen, war ja schon immer mein höchstes Gut, und das Schummeln mit meinem Status – ledig – funktionierte bis vor Kurzem, als mir eine Dame in einer Bielefelder Behörde cool mitteilte, dass mein Status „geschieden" sei und das auch schon sehr lange. Wir mussten beide lachen und kamen überein, dass es für mein spezielles Lebensmodell der Siebzigerjahre, nämlich einer Existenz im Verborgenen, nicht wichtig war, was so in den diversen Papieren zu lesen war. Meinen Antrag auf Wohngeld hat sie dann sehr unbürokratisch genehmigt. Sie lächelte noch immer, als ich mich noch einmal umdrehte und ihr eine schöne Zeit wünschte.

Zurück zu Ari, die heute in der Mitte von Berlin lebt und vielleicht gerade in diesem Moment auch ein Buch schreibt. Eine ihrer Episoden könnte frei nach Oasis **„Don't Look Back In Anger"** heißen. Sie hatte eine Angewohnheit. Immer wenn wir ein Konzert besucht hatten oder aus dem Kino kamen, musste man sich erst einmal draußen auf den Boden setzen. Meist war es der Bürgersteig vor dem Programmkino „Kamera" oder der Vorraum einer Aula von irgendeiner Schule in Ostwestfalen. Dann fing sie an, bei einem Glas Rotwein über das gerade Gesehene oder Gehörte zu philosophieren. Ich muss zugeben, zuerst war es gewöhnungsbedürftig, dass nicht ich über Film und Musik sprach, sondern Ariane sofort das Heft in die Hand nahm. Aber nein, schlimm war es nicht, denn wir lagen auf einer Wellenlänge und tun das auch heute noch. Das mit dem lange auf dem Bürgersteig Herumsitzen war anstrengend, denn der Untergrund war schon mal nass, kalt und nicht gerade sauber. Aber machte nichts, denn ich malte im Kopf die Bilder zu ihren Worten und das ließ mich die billigen Plätze vergessen. Jedenfalls verfolgte ich, lässig das rechte Bein auf die Fahrbahn gestreckt, bei jedem schlauen Wort die Bewegungen ihrer Lippen, kopierte alles sofort und drückte auf Speichern.

Zu der Zeit lebte sie noch bei ihren Eltern. Die wohnten mit ihr ganz oben in der Penthouse Wohnung des höchsten Gebäudes von Sennestadt und vielleicht sogar von ganz Bielefeld. Sie lud mich mal zu sich ein, als gerade einer dieser legendären Abende im großen Kreis bei ihren Eltern stattfand. Vor dem Hochhaus an der Ost Allee mit seinen zehn Stockwerken lag ein kleiner See, dessen beleuchtete Fontäne am Abend schon von Ferne zu sehen war. Die Penthouse Wohnung war hell erleuchtet, und die Lichter wiesen den immer fröhlichen und illustren Gästen schon von Weitem den Weg. Es dauerte einen gefühlten halben Tag bis der Lift oben war. Dort trafen sich Musiker, Menschen mit Lebenserfahrung, mit Geld und scheinbar ohne Sorgen. Schriftsteller oder Autorinnen lasen manchmal aus ihren Manuskripten, um herauszufinden, wie das ankam. Spielte wirklich die bekannte US-Sängerin Rhoda Scott auf dem Piano oder war es nur die Langspielplatte auf der teuren Stereoanlage, die ihre Stimme erklingen ließ?

Ich war so eine Art Exot, ohne Vergangenheit, tennisspielend, durchaus gutaussehend. Der Trick mit meinen rehbraunen Augen, die traurig dreinschauten, tat sein Übriges, um die Aufmerksamkeit, das Mitleid oder das Interesse des geschätzten Publikums zu ergaunern. Ja, da war ich wieder mittendrin in der „High Society", staunte mit offenem Mund, was es noch so alles gab auf der Welt. Mein Weg als „German Glückskind" ging unaufhaltsam weiter, und ich fragte mich, wieso mich die Welt der Reichen und Schönen so anzog, wo es doch angeblich eine Scheinwelt war?

Sehe ich heute auf Facebook in Aris Foto-Sammlung, blicke in ihre vielen Gesichter, da kommt es mir vor, als sei alles noch wie vor über 40 Jahren. Sie war einfach eine gute Freundin, die immer Wert darauflegte, nicht als „von Beruf Tochter" abgestempelt zu werden oder über das Geld ihrer Familie definiert zu werden. Man erkennt auch, wenn man genau hinsieht, dass sie charakterlich sehr geradeaus ist und in den Kämpfen des Lebens wohl, wenn auch in drei Sätzen, gesiegt hat. Sie wollte von Anfang an ihr eigenes Ding machen und wollte frei sein in dem, was sie sagte oder tat. Das war mir nicht fremd und sicher auch ein Grund für unsere lange Freundschaft.

Wenn ich heute anderen von ihr erzähle, wie sehr ich für sie geschwärmt hatte, aber dann auch zwangsläufig ihre Verbindung zur Band „Alphaville" erwähne, werden die Menschen auf einmal aufmerksam, und es interessiert sie sehr. In den Anfängen war sie die erste Schlagzeugerin der Synthie-Pop-Band, organisierte mithilfe ihrer Oma die ersten Proberäume in Münster.

Als der Erfolg kam, war sie auch die Managerin. Sie machte sich damals stark für soziale Gleichheit und Freiheit aller Bandmitglieder auf der Basis von Gemeineigentum. Ja, sie meint, dass das in den Anfängen wie in einer kommunistischen Kommune war. Nicht nur das Geld wurde geteilt, sondern auch Freud und Leid.

Für Ari soll es am Schluss nicht gut ausgegangen sein. Ich habe mich nicht getraut, sie zu fragen – all die Jahre nicht. Dann habe ich es an einem Sonntag im letzten Dezember doch noch nachgeholt. Sie aß ein Steak und sagte, es sei nicht alles schlecht ausgegangen. Sie wiederholte das, damit das auch ganz klar war. Sie erzählte weiter, dass ihr Freund und Sänger der Band, Marian Gold, wie aus heiterem Himmel dem Charme einer Italienerin erlag. Er war mit ihr ein Jahr verheiratet, wodurch nicht nur Ariane, sondern auch die Band in eine ernsthafte Krise geriet. Nach dem Jahr Ehe war er dann, auch wieder nur auf Zeit, zu Ariane zurückgekehrt. „Heute sind wir gut befreundet, so wie ich es auch mit dem Mann meiner vier Kinder bin", fügte sie noch sehr bestimmt hinzu. Wenn es gewisse Songs schaffen in meinem Buch erwähnt zu werden, ist es in diesem Fall **„Forever Young"**.

Moment, es sei denn die geliebten Beatles tauchen urplötzlich aus der Versenkung auf und beanspruchen noch einmal im zweiten Teil einen Platz in der Diskografie, obwohl es sie doch schon lange nicht mehr als Band gibt.

Im Wochenmagazin „Der Spiegel" war im März 1975 folgendes sinngemäß unter der Rubrik Popmusik und der Headline „Yeah, Yeah, Yeah" zu lesen:

Neun Jahre nach dem letzten Bühnenauftritt und fünf Jahre nach der letzten Vinyl-Platte („Let It Be"), kam wie aus dem Nichts ein neuer Beatles-Boom, direkt aus den USA zu uns herüber. Musicals, Theaterstücke und der Neueinstieg von Platten in die Hitparade, wie zum Beispiel die Begebenheit, dass Elton John mithilfe von John Lennon den Beatles Song **„Lucy In The Sky With Diamonds"** *auffrischte, waren die Folge. Die durchaus gekonnte Remake-Single ging in den Staaten sofort auf die Eins der „Hot 100". Verwirrt fragte die Musik-Zeitschrift „Rolling Stone" mit einer Beatles-Songzeile aus „Eleanor Rigby": „All the lonely people, where do they all come from"?*

Auch andere Teenager-Magazine in Großbritannien versuchten mit Rockmusikern und Kritikern die Motivation all der einsamen Teenager herauszufinden. Das Ergebnis ist nicht ganz überraschend: Das Publikum verlange nach Leitbildern, die das ausgelaugte Pop-Business kaum mehr anzubieten hat. Ist das heute, anno 2018, nicht auch wieder so?

Graffiti @ Bunker Ulmenwall, Künstler unbekannt,
Foto © Sandra Ehrler

THE YARDBIRDS

„For Your Love"

„Blow up" ist ein genialer Film aus dem Jahr 1966, den ich Mitte der 70er im seinerzeit einzigen Bielefelder Programmkino „Kamera" alleine in der Nachmittagsvorstellung sah.

Der Spiegel schrieb damals, 24.07.1967, sinngemäß unter dem Titel: „Nach der „Sinnflut": „Blow up", der erste Populärfilm des italienischen Morbidezza-Cineasten Michelangelo Antonioni wurde in Cannes mit der Goldenen Palme geehrt und erreichte in den Kinos der westlichen Welt Rekordlaufzeiten. Der Film handelt vom Londoner Modefotografen Thomas, gespielt von David Hemmings, der im Park ein Liebespaar fotografiert und damit in eine verhängnisvolle Affäre gerät.

Ich war besonders von einer Szene beeindruckt, in der der Fotograf Thomas auf der Suche nach einer Frau in ein Clubkonzert der britischen Rockband The Yardbirds gerät. Während die Band den Titel **„For Your Love"** (im wirklichen Leben war es der Titel „Stroll On") spielt, läuft der Fotograf durch die Reihen des wie angewurzelt stehenden und sitzenden Publikums. Erst als Jeff Beck gegen Ende des Stückes seine Gitarre zerschmettert und ins Publikum wirft, gerät die Masse heftig in Wallungen, sodass der Fotograf Mühe hat, wieder nach draußen zu gelangen. Ja, die Yardbirds waren Kult, und es spielten in der Band Musiker wie

51

Eric Clapton, Jimmy Page, Jeff Beck, Keith Relf und noch einige andere Größen, deren Namen noch heute wie Donnerhall klingen und die mich musikalisch mitgeprägt haben. Neben den Rockgiganten gab es auch viele Singer/Songwriter, also Künstler wie Neil Diamond, Carole King, Carly Simon, Robert Zimmermann, die großen Einfluss auf mich hatten und deren Musik in mir lebt. Früh wurde mir klar, dass Demokratie bei der Musik anfängt. Der Star-Bariton Thomas Quasthoff geht sogar so weit zu sagen, dass die Musik eine tragende Säule der Demokratie sei. Er glaubt fest daran, dass die Musik soziales Verhalten vermittelt und den Zugang zur eigenen Emotionalität eröffnet.

Am frühen Abend zu Hause angekommen schaltete ich mein aus Nagold herübergerettetes weißes Radio um Punkt 18 Uhr ein, drehte den Knopf auf die Frequenz von NDR 2 und setzte mich dicht vor das Gerät, denn die UKW-Wellen waren aufgrund der fehlenden Reichweite nicht stabil. Ich war schon gespannt wie ein Flitzebogen auf das wöchentliche Hörer-Quiz, in dem man Fragen aus der Welt der Rockmusik zu beantworten hatte. Es gab nichts zu gewinnen, aber wenn man es unter die ersten drei geschafft hatte, wurde man im Radio verlesen. Damals reichte das meiner Generation. Für mich war es eine Frage der Ehre, dass man sich auskannte. Wie immer freitags war der Moderator für den Norden Henning Venske. Die Älteren unter Euch haben seine markante Stimme sicher noch im Ohr, denn er war auch des Öfteren Gast in der Sesamstraße. Am Ende der Sendung, die „Der Klub" hieß, kam dann die Aufgabe: „Beschreiben Sie die Auswirkungen der Bluesrock-Band The Yardbirds auf die Musikgeschichte. Innerlich jubelte ich, denn das Thema war wie maßgeschneidert für mich - auch ohne Google und Smartphone. Wie man sich des Themas annahm, war jedem selbst überlassen. Eingereicht werden durfte die Antwort aber nur mit einer normalen Postkarte, damals noch unbedruckt. Ich legte mir also meinen Bleistift, das Radiergummi und ein Lineal griffbereit – exakt wie Adrian Monk – zu meiner rechten Seite. Das war so ein Ritual, das ich mir seit den Nagolder Briefen an meine Ex-Frau, „nur geschrieben – nicht abgeschickt", bewahrt habe. Was jetzt noch fehlte, war eine Postkarte, die ich noch schnell im Zeitschriftenladen um die Ecke kaufen musste. Die 45-Pfennig-Briefmarke mit dem Bild einer Lok der Deutschen Bahn ließ ich mir auch noch in die kleine Papiertüte legen.

Nach meinem kurzen Intermezzo mit Röschen wohnte ich jetzt allein in einem Haus in der Straße Am Lehmstich. Der Name war Programm, denn in dem Haus hatte vor nicht allzu langer Zeit tatsächlich ein Mord stattgefunden, während ich schlief. Vom Getrampel der vielen Menschen war ich wach geworden und hatte ängstlich aus meiner kleinen Wohnungstür geblickt. Ich hatte gerade noch schemenhaft zwei Träger eines Zinksargs die Treppe runterlaufen sehen. Es hatte blechern gescheppert, als der Sarg im engen Hausflur gegen das Geländer stieß. Ein Kommissar und eine hübsche Assistentin befragten mich kurz darauf. Es war wie bei dem Kommissar in Schwarz-Weiß im

ZDF... Nein, ich hatte weder etwas gehört geschweige denn gesehen... Wenn Ihnen noch etwas einfällt... usw. Ich wohnte also in dem Mordhaus. So wurde es ab diesem Tag genannt. Im dritten Stock hatte ich eine kleine Wohnung mit Bad, noch kleinerer Küche und einem quadratischen Wohnraum – meine Heimat für ein knappes Jahr. Die Butze war ausgestattet mit einer Couch, auch zum Schlafen, einem Sessel vom Flohmarkt, einem Tisch und meinem geliebten Röhrenradio. Mehr war nicht. Wobei... halt: Ich besaß ja auch noch einen kleinen Tischfernseher, den ich immer dorthin mitnahm, wo ich mich gerade aufhielt. Es war noch eines dieser Geräte mit Stabantenne und wie jeder weiß, gab es damals nur drei Programme.

Als ich wieder vom Schreibwarenladen zurück war, legte ich die Postkarte und die Briefmarke der abgebildeten DB-Lok wieder akkurat neben das Handwerkszeug und steckte mir erst mal in aller Ruhe mit der halb abgebrannten Kerze, die in der Weinflasche steckte, eine Camel ohne Filter an. Immer wenn ich etwas anfing, das mir Spaß machte, war ich Feuer und Flamme für das Thema und vergaß Raum und Zeit. Gab es aber Dinge, die ich nicht verstand und die mich langweilten, wurde ich faul und regelrecht übellaunig. Und ehrlich gesagt, hat sich das bis zum heutigen Tag nicht geändert. Ich zeichnete auf der Rückseite der Blanko-Karte mit dem Lineal kleine Striche um einen kleinen Kreis herum, in dem das Wort „The Yardbirds" zu lesen war. Es sah aus wie ein Weihnachtsstern und auf die einzelnen Strahlen schrieb ich die Namen und Gruppen, die damals aus den Yardbirds entstanden waren. Led Zeppelin, Derek & The Dominos mit Eric Clapton und später solo, Jeff Beck später Jeff Beck Group, Bogart & Appice und Keith Relf mit seiner Gruppe Renaissance. Es gab noch eine Menge mehr, aber auf so eine kleine Postkarte passte leider nicht mehr drauf. Da wusste ich nun wirklich Bescheid, ich hörte diese Musik ja praktisch tagein tagaus im SWF 3. Mir kommen noch heute die Tränen, wenn ich an den Sender mit dem röhrenden Elch denke. Das ist leider vorbei, „Goodbye SWF 3".

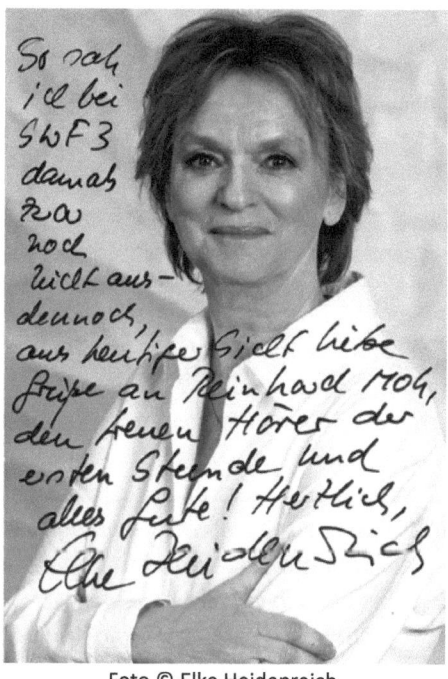

Foto © Elke Heidenreich

Als ich fertig war, ging ich geradewegs zur Tür hinaus, überquerte die Straße, um die Karte in den Schlitz des gelben Kastens mit der schwarzen Trompete zu werfen. Bevor ich das tat, fragte ich allerdings immer ganz höflich, aber natürlich scherzhaft den Briefkasten: Gestatten Sie, dass ich einmal durch Ihren Schlitz schlüpfen?" Danach sah ich mich immer um, ob das auch keiner gesehen und gehört hatte. Früher konnte man schon mal auch für kleinere Verhaltensauffälligkeiten vorübergehend in die Klapse kommen. Kein Scherz oder was denkt ihr über jemanden, der zu euch sagt: „Kann man wissen, ob die Fische küssen"?

Nach dem Quiz-Wochenende kratzte ich meine letzten Groschen zusammen, um mir den neuesten Spiegel zu kaufen. Es war die Ausgabe Nr. 4 vom 20. Januar 1975 *und sie kostete immerhin schon 2,50 unserer geliebten DM. Weil ich es immer sehr lässig und auch ein bisschen intellektuell fand, begann ich das Heft wieder von hinten durchzublättern, kam dabei aber nicht weit, denn auf Seite 103 fand sich ein Artikel von eben jenem NDR-Moderator Henning Venske, den er als Gastredakteur für das Magazin beisteuerte. Auslöser des Artikels war die Einladung als Gast in der ersten Ausgabe der neuen Talk-Show „Je später der Abend" von Hans Jürgen Rosenbauer im Ersten Deutschen Fernsehen. Ich fand es lustig zu lesen, wie Henning auch Bezug nahm auf eine andere Talk-Show mit der großen Romy Schneider. Das las sich in etwa so: Eigentlich wollte ich „Gräfin Veruschka von Lehndorf", die auch Gast war, behutsam meine schönen langen Finger auf den*

Unterarm legen und wie die damals talkende Romy verheißungsvoll hauchen: Sie gefallen mir sehr! Aber irgendwas hat mich blockiert.

So geht es halt mehr oder weniger lustig weiter im Text, denn er berichtet, dass er die Reise nach Köln im Januar zur Sendung schon hart fand. Er hatte die Hosen gestrichen voll mit Lampenfieber, denn seine Fähigkeiten lagen im Auflegen von Platten auf NDR 2. Dazu noch der Stress in der Maske und unter Scheinwerferlicht des Studios sitzend, zeigte der neue Pulli gleich hässliche Schwitzflecken. Das machte wohl sicher keinen guten Eindruck. Dann sollte er auch noch unterhaltsam sein – ein perverses Vergnügen. So fragte er sich „Was zum Teufel soll ich hier."

Für mich verging die Woche nicht wie im buchstäblichen Fluge, sondern war zäh und ohne große Highlights. Ich befand mich immer noch in der Nach-Nagold-Phase – ohne Job, aber der Bund zahlte ja noch ein halbes Jahr Überbrückungsgeld. Ich fühlte mich allein. Meine Gedanken kreisten um zwei Themen: Wie und wo kann ich Tennis spielen? Und ist das „Knechten" in der Textilbranche überhaupt das, was ich konnte und in der Zukunft wirklich wollte? „Los geht's", sagte Henning ins Mikro, und ich drehte lauter. Ding Dong, es war Freitagabend kurz vor sechs, und ich war gespannt auf die Auflösung des Quiz auf NDR 2 in der Sendung „Der Klub". Dritter wurde ein Klaus aus Pinneberg, war das dieser erotische Ort vor Hamburg? Als Zweiter wurden mein Name und mein Wohnort genannt. Die erarbeiteten Zusammenhänge auf der Postkarte wurden sehr gelobt. Sieger wurde ein Holger aus Dagebüll, der hatte doch tatsächlich noch einen Schlagzeuger und einen Gitarristen ausgegraben, die mir durchgegangen waren. Wie schon erwähnt, außer der Nennung unserer Namen mit unseren Lösungen war für Henning alles gesagt.

Ich zog kurz nach meinem ehrenvollen zweiten Platz aus der Diaspora mitten in die Bielefelder Innenstadt und ab da begannen nun wirklich die wilden 70er für mich. Das Leben wurde ab jetzt für mich nur noch spannender, und das ist es bis zum heutigen Tag geblieben.

Romy Schneider
Foto: ©Beta Film, Deutsches Filminstitut,
Frankfurt / KINEOS Sammlung

VERWAHRLOST ABER FREI

Es hat jeder recht, der mich verurteilt, ich bin ganz sicher schlecht, ich bin nicht so, ich bin nicht anders, ich bin kein Herr, ich bin kein Knecht,
doch mir befiehlt niemand irgendetwas, egal wer das auch sei, denn ich bin verwahrlost, aber ich bin frei, und ich weiß es.

Ich hab die Sonne, ich hab den Regen, ich hab nur das, was mir wer schenkt, ich bin so einer, der immer nur an heute und nie an morgen denkt, doch ich mach was und wie ich will, und ich genieß' mein Leben dabei.

Ich bin verwahrlost, und das kann ja jeder sehen. Es kommt wie es kommt, ich fürchte mich nicht, denn ich habe nichts zu verlieren, denn was soll mir schon passieren?

So viele Jahre liegen schon hinter mir, und niemand weiß, wie viele es noch werden, doch selbst wenn ich heute noch sterben müsste, dann gäb es für mich keinen Grund zum Heulen, denn ich lebe so, dass mir nichts überbleibt, und wenn ich sterbe, ist es halt vorbei!

Ich bin verwahrlost, und das werde ich bleiben, aber ich bin frei!
(Aus dem österreichischen frei übersetzt, Originaltext von Wolfgang Ambros)

Diese Textzeilen stammen aus der Feder von Wolfgang Ambros, der Song heißt „Verwahrlost aber frei" und ist aus dem gleichnamigen Album von 1996. Diese unglaublichen Textzeilen erreichten vor gut 20 Jahren meine Ohren, die Musik drang mitten ins Herz so wie ein Blitz-Flitz und beamten mich in seine Zeit des „Verwahrlost aber frei" seins, in der mir meine eigene Freiheit so wichtig war - wichtiger als alles andere in meinem Leben. Ich gehörte zu dieser Generation. Ich befand mich inmitten einer Generation, die vor allem geprägt wurde von der Rockmusik und ihren Protagonisten, die damit ihr Lebensgefühl und ihren gesellschaftlichen Protest ausdrückten, den ich heute schmerzlich vermisse. Ich erlebte auch eine Generation, wenn auch nur als Beobachter vom Rand aus, die sich selbst entdeckte und sich aufmachte, die Gesellschaft zu verändern.

Während der ersten zwei Jahre in der Leineweberstadt, hatte ich inzwischen einen fast einjährigen Einsatz als Berufstätiger sowie weitere berufliche Kurzintermezzos in meiner Branche, der Textilbranche, hinter mir. Als Assistent des Einkaufes für Damenblusen, Röcke und Hosen bei einem Einkaufsverband gab ich letztlich auf. Es machte mir keinen Spaß, abgesehen von den Fahrten nach Hamburg in den Hafen, wo ich die Lieferungen aus Hongkong auf ihre Vollständigkeit hin überprüfen musste. Das erledigte ich „rule of thumb", da ich den Nachmittag unbedingt noch mit meiner Hamburger Deern, die ich aus Nagold kannte, verbringen wollte. Einige von Euch kennen die Frau schon aus dem ersten Teil. Obendrein war meine Chefin ein richtiges Miststück, und was noch schlimmer war, ich war von morgens bis abends nicht mehr als ein „Knecht". Wenn die Sonne am Nachmittag durch die Fenster auch nur ein wenig hinter den sich verziehenden Wolken hervorkam, hielt es mich nicht mehr auf meinem Platz im tristen Büro.

Ich wollte sofort raus auf die rote Asche und spielen, spielen und noch mal spielen. Immer nach Feierabend machte ich mich sofort auf den Weg zu meinem Tennisklub, den ich durch eine von mir in der heimischen Presse aufgegebene Anzeige (nein, Google gab es immer noch nicht) schon bald nach meiner Ankunft in Bielefeld gefunden hatte. Es hatten sich damals immerhin zwei Vereine auf meine Kleinanzeige gemeldet, in der ich versprach, eine wesentliche Verstärkung für das 1. Herren Team zu sein. Es war fast wie bei James Bond, ich traf mich mit Verein Nummer 1 an einer Autobahnauffahrt und mit dem zweiten am Anfang einer wunderschönen Allee in Sichtweite der Burg mit den Sparren, die der Burg irgendwann mal ihren Namen gaben. Sie stand so ähnlich hoch oben über der Stadt, wie das Schloss in meinem geliebten und vermissten Marburg. Beide thronten hoch oben über der Stadt. Der Clou war, dass der Klub nur einen Steinwurf entfernt seine Plätze hatte, die Anlage ein Idyll war und deshalb klar gegen die Autobahnauffahrt gewann. Der Klub als Start in eine kleine aber feine Tenniskarriere war ideal und wieder mal ein Glücksfall für mich, denn der Verein nahm mich mit Freude auf und auch noch Jahrzehnte später freut man sich, wenn sich die Wege zufällig in der Stadt kreuzen.

Während dieser Zeit verbrachte ich an den Abenden mehr und mehr Zeit im Bunker Ulmenwall bei Konzerten von Hannes Wader, Ulrich Roski, Schobert & Black, Inga Rumpf und vielen anderen, die im Gegensatz zu den Leuten heute, noch eine Menge zu sagen und zu singen hatten.

Der legendäre Bunker Ulmenwall in Bielefeld,
Foto © Sandra Ehrler

Tagsüber war ich Stammgast im Café Oktober, einem Studentencafé, in dem mir unentwegt Menschen und Freunde über den Weg liefen, mit denen ich stundenlang über die Rockmusik sprechen konnte. Und je weniger Freude ich an meinen Bürojobs hatte, desto mehr fing ich an, über den Tennisklub mit seinen Menschen und die Parallelgesellschaft mit den Freunden, die genau das Gegenteil waren und deren Leben erst mittags ab 12 Uhr begann, nachzudenken.

Immer häufiger stellte ich mir in dieser Zeit die Frage: Wer bin ich, was mache ich hier, und wie soll das alles gehen im Leben? Noch hatte ich keine brauchbaren Antworten, aber erstaunlicherweise zog es mich nicht nur mehr und mehr weg von meiner Tätigkeit als klassischer Büroangestellter, sondern auch von den gut aussehenden, chic gekleideten und tollen Autos fahrenden Eliten aus dem Tennisverein.

Ich fand mich irgendwie immer häufiger wieder im Kreise der „Schlabberlook" und lange Haare tragenden Typen, die in jedem ihrer Sätze ein Fremdwort einbauten, damit einem ja nicht so schnell klar wurde, wovon sie eigentlich sprachen. Ich suchte ihre Nähe aber ganz bewusst, hoffte, von ihnen zu lernen, mein Bewusstsein zu erweitern und einfach dazu zu gehören.
Ich hatte zu Hause einen Duden, in dem ich am Abend nachschlug, was ich am Tage so alles Fremdes gehört hatte. Manchmal hatte ich viel zu tun, aber mein Ehrgeiz wurde extrem angestachelt. Ich war immer noch auf dem Trip meine Vergangenheit als Volksschüler zu verleugnen und traute mich auch nicht zu fragen, wenn die Intellektuellen mal wieder ein Feuerwerk ihrer Sprachkunst abbrannten, ja manchmal sogar abfeuerten. Es änderte aber alles nichts, denn mir wurde bewusst, dass ich wieder einmal am Scheideweg stand. Sollte ich langsam aber sicher eine Existenz aufbauen, oder das Leben weiter in Freiheit, ohne Netz

und doppelten Boden genießen und den Dingen ohne irgendeine Sicherheit einfach freien Lauf lassen?

Ich fühlte mich damals wie der unsagbare „Holden Caulfield" der ja immer auch ein großer Junge bleiben wollte, oft in seinen Gedanken verloren war und in der Zeit hin und her tänzelte. Wie er im Roman „Fänger im Roggen", wollte auch ich frei und mein eigener Herr sein! Ja, ich wollte das auch so und habe es bis heute eigentlich ganz gut durchgehalten, musste mich auf dem langen Weg zum Glück immer aufs Neue erfinden. „Nur wer sich ändert, bleibt sich treu". Dass ich dem „Fänger im Roggen" in vielem so ähnlich war, habe ich damals aber noch nicht gewusst, da ich den Roman von Jerome David Salinger aus dem Jahr 1951, der angeblich damals und auch heute noch Generationen von Jugendlichen beeinflusst hat, nur vom Hörensagen kannte. Inzwischen habe ich dieses Buch endlich mit einigen Jahrzehnten Verspätung gelesen und mich dabei gefühlt, als stiege ich in eine Zeitmaschine zurück in diese Zeit. Wenn ich heute an dieses fabelhafte Buch denke, bin ich ein bisschen neidisch und denke, dass ich Euch auch gerne so eine kleine Geschichte geschrieben hätte, wie die über die Enten im „Central Park" in New York und die Frage, ob die im Winter mit einem LKW abgeholt werden oder auf dem See namens „Jacqueline Kennedy Onassis Reservoir" überwintern. Wer es noch nicht weiß, aber unbedingt wissen will, sollte entweder in das Buch „Oona und Salinger" schauen oder in diesem Buch weiterlesen oder aber, wenn die Neugier zu groß ist, mich einfach anrufen. Stehe im Telefonbuch und gehe auch ran.

Was war also aus dem jungen Mann geworden, der einst anstrebte, nach der Lehre ein Leben lang einer Company treu zu sein und als Rentner Rasen zu mähen? Der war weg. Das Glück des Daseins war für mich längst Ungebundenheit.

So war es irgendwann eine für mich logische Konsequenz, meine Tätigkeiten im Büro endgültig aufzugeben, da sich inzwischen eindeutig herausgestellt hatte, dass dies, zumindest unter den bisherigen Bedingungen, einfach nichts für mich war und mich auch in keinster Weise glücklich machte. Die Sicherheit, im Notfall doch immer noch etwas zu finden, wenn es sein musste, ließ mich dennoch recht ruhig schlafen. Heute kann und will ich nichts bereuen, denn dafür hat das Leben mich geradezu mit Glück überhäuft, so als ob eine schützende Macht auf mich achtgab, und ich kann mich beim besten Willen an keine ernsthafte Notlage im Verlauf meines Lebens erinnern.
Ich bereue auch nicht, dass ich damals rausging ins pralle Leben, denn das hatte ja gerade Mitte der Siebzigerjahre volle Fahrt aufgenommen. Wohl nie gab es eine bessere Zeit, um einfach so in den Tag hinein zu leben.

So wie Wolfgang Ambros und viele meiner Freunde und Weggefährten hatte die Rockmusik auch mich schon lange infiziert und voll im Griff. Was für Andere

Alkohol, Joints oder Klamotten waren, war für mich ausnahmslos das schwarze Gold. Da ich aber wie im Song von Ambros zu erahnen ist, nun ohne feste Anstellung umso mehr auf Geschenke angewiesen war, reichte es manchmal trotzdem nicht für ein Scheibchen Glück. In dieser Zeit gab es ja noch keine Computerkassen-Systeme, und man konnte leicht die Preisschilder austauschen. Ich schäme mich schon mal ganz doll. Also das 5,99 DM Preisschild der LP von „James Last" einfach mit dem von **„The Dark Side Of The Moon"** oder **„Wish You Were Here"** von Pink Floyd austauschen, denn diese Platten kosteten schon mehr als 14 Deutsche Mark. Ich fühlte mich dabei auch nicht wohl, aber ich war allein und… ach, lest einfach noch mal den Songtext von oben.

Ich war eben süchtig nach den Scheiben und diese spezielle Sucht schadete nicht etwa meiner Gesundheit, sondern ausschließlich meinem chronisch klammen Portemonnaie. Die Musik musste aber finanziert werden und Essen, Trinken und Wohnen musste man ja auch irgendwie, auch wenn das Leben in Freiheit bei Wolfgang Ambros so verlockend klingt, ganz als würden die gebratenen Tauben und Hühner direkt vom Himmel auf die Erde fallen, ganz ohne Gegenleistung. Stattdessen rottete man sich unter Freunden zusammen und beschloss, aus der Kirche auszutreten. Das sparte schon einmal Geld. Was mal später wird, und ob das wichtig wäre für einen, nein, darüber dachte man nicht nach. Man hatte wieder mal ein paar Märker mehr für die Musik. Einen nichtssagenden Job haben, aus irgendwelchen staatlichen Quellen oder mit teils erlaubten Tricks an Geld zu kommen war für mich und meine damaligen Freunde kein Problem.

Im Café Oktober warteten so um die Mittagszeit immer schon viele auf mich: All die Gleichgesinnten, politisch Verirrten bis Verwirrten – und halt solche wie ich, die sich fühlten, als ob sie vollkommen aus der Welt gefallen wären. Die Wände hingen voll mit Warhol-Drucken von Marilyn Monroe, Campbell`s Tomatensuppe und anderen Motiven. Die Marilyn, ein Original für schlappe 300,00 DM (heute unbezahlbar), lächelte uns von der Wand aus zu und es war tägliches Ritual, dass aus der Box *„Goodbye Norma Jean, Though I never knew you at all you had the grace to hold yourself" (Text: Bernie Taupin)* und der ganze Song **„Candle in the Wind"** zu hören war. Das war unsere Hymne, und so haben wir immer den Tag begrüßt und zum Ende des traurigen Liedes von Elton John, wurde frenetisch gepfiffen und geklatscht. Nein, hier ging es nicht um Tod oder Leben, damals ging es um mehr. Viel, viel mehr!

Jeder hatte irgendeine Story zu erzählen, und Uwe Hoffmann, der legendäre Wirt des Kultcafés an der Detmolder Straße, war immer mittendrin. Wir mochten ihn, und schon damals spielte es zumindest bei uns keine Rolle, wer emotional und sexuell wie ausgerichtet war. Uwe hatte immer klasse Kuchen in seiner damals spacig aussehenden Vitrine, oben drauf lagen die aktuellen Ausgaben vom Stern und vom Spiegel, die täglich zu meiner Lieblingslektüre gehörten.

Die Hefte gab es im Café immer kostenlos zu lesen, und ich hatte ja jetzt wieder Zeit dazu, also schnappte ich mir die Spiegel Ausgabe vom 3. Dezember 1973 und vertiefte mich, die Stimmen im Raum wurden leiser, in den Artikel über Pete Townshend, The Who und das neue Album „Quadrophenia": Das interessierte mich.
„The Who", laut „Guardian" immer noch „die beste Rockband der Welt", haben eine spektakuläre Fortsetzung ihrer sogenannten Rock-Oper „Tommy" vorgelegt: das Zwei-Platten-Album „Quadrophenia". Kritiker urteilen: Es ist „schlicht bewundernswert".
„Quadrophenia" ist eine pessimistische Bilanz der englischen „Mod"-Generation, die in schicken Kleidern und von Drogen aufgeputscht versuchten, dem tristen Alltag zu entfliehen und in Straßenschlachten mit ihren Erzfeinden, den Rockern, gegen das Establishment rebellierten.

Hannes, mein bester Freund tippte mir auf die Schulter und fragte, ob er den Artikel auch mal sehen darf, obwohl er „Stones"-Fan auf Lebenszeit war und die Band für ihn heute noch die „Götter des Rock`n Rolls" sind.

Meine Freundin Sandra und ich, wie Ihr wisst, eigentlich ein eingeschworener „Beatles"-Fan, hatten anno 2017 das große Glück, diese Götter, mittlerweile alle über 70, noch einmal live erleben zu dürfen. Jetzt kann ich Hannes verstehen und ich war sehr demütig an diesem Abend und bin es immer noch, sozusagen livehaftig dabei gewesen zu sein. Das verstehe ich unter Glück.

Brauchte ich wieder etwas Geld, um mich mit den schwarzen Scheiben einzudecken, arbeitete ich abends mit Hannes im „Studiker", einem anderen Bielefelder Studentenlokal. Wir beide waren ein tolles Team, Hannes machte mehr Blödsinn, als ich jemals hätte zustande bringen können. Besonders gerne ahmten wir den Besitzer der Kneipe nach, denn er war dem Alkohol nicht abgeneigt, wohnte über dem Laden und musste regelmäßig von einem von uns nach oben begleitet werden. Damals gab es auch hier natürlich noch keine Kassensysteme, und wir arbeiteten nur mit einem Bon-Buch. Ihr werdet es schon erahnen, wie unsere Abrechnungen am frühen Morgen ausgefallen sind: tendenziell zu unseren Gunsten.
Wenn wir abends aber Pech hatten, kamen in unserer Schicht die Rocker von nebenan und wollten uns eigentlich nur vermöbeln. Warum? Einfach nur so. Die hatten wohl Langeweile. Hannes aber rief mir schnell zu, als sie an der Tür mit Guckloch angekommen waren, leg schnell **„Satisfaction"** von den Stones auf. Das wirkte immer und nach ein paar Freibieren und dem damals berüchtigten „sauren Paul" ließen sie uns in Ruhe und zogen mit den Worten: „Wir sehen uns" wieder ab. Am nächsten Tag hatten wir frei und ich holte Hannes mit meinem VW ab mit den Worten: „Heute machen wir uns mal wieder einen schönen Tag."

„Wir machen uns einen schönen Tag" hieß, dass es auf Vorstellungstour für mich und meinen Freund als Begleiter ging. Zwischendurch bewarb ich mich, bei Textilfirmen, was ja aufgrund meiner Ausbildung auch Sinn ergab. Was nicht heißt, dass ich wirklich vorhatte, einen festen Job anzunehmen. Ich muss heute noch darüber schmunzeln, dass die Fahrten quer durch die Republik im Grunde nur ein Ziel hatten: die damals bei Bewerbungsterminen üblichen Spesen und Fahrtkosten erstattet zu bekommen und sich damit „einen schönen Tag" zu machen. Meist saß Hannes am Steuer, denn ich brauchte beide Hände um mich kurz vor dem Ziel umzuziehen. Ich hatte nur einen Anzug, ein weißes Hemd und eine blaurot gestreifte Krawatte für den Body und für die Füße ein paar Budapester der Firma Gordon & Bros. Die Bekleidung waren noch Relikte aus meiner Zeit an der Textilfachschule in Nagold. Das war mein zugegebenermaßen schon sehr angegriffenes Outfit für die sagenumwobenen Semesterbälle. Zu der Zeit wurden Vorstellungsgespräche noch sehr großzügig abgerechnet. So hatten Hannes und ich erst mal wieder das nötige Kleingeld, um für ein paar Tage im Café Oktober den leckeren Kuchen zu essen und **„Candle in the Wind"** zu hören.

War ich ein Lebenskünstler geworden, einer, der einfach immer im Moment und aus der Situation heraus lebte? Ganz sicher war ich ein großes Glückskind.

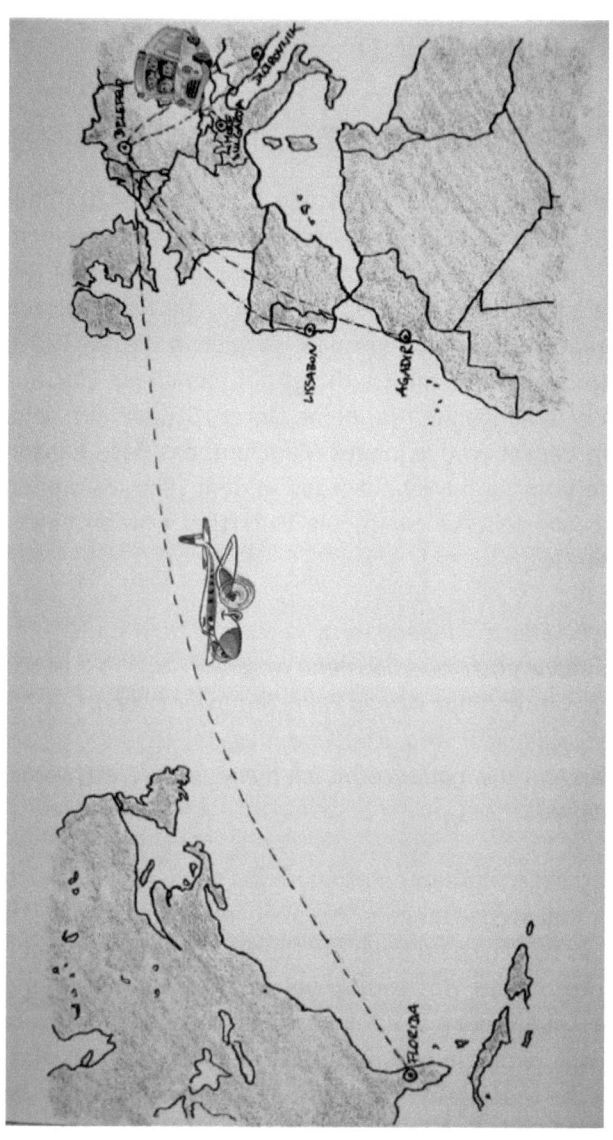

DAS DRITTE KIND

„Another Brick in the Wall"

Es ist die Zeit „zwischen den Jahren" von 2017 auf 2018 und ich schreibe diese Zeilen gerade in meinem Düsseldorfer Exil, in Sandras Wohnung mitten in der Carlstadt. Sie schaut eine französische Komödie auf Amazon, denn das normale TV gibt in diesen Tagen rein gar nichts her. Da dringt auf einmal ein Lied aus der Vergangenheit in meine Ohren. Schaue auf, sehe ein bezauberndes junges Mädchen, das das Chanson **„Je Vole"** von Michel Sardou in dem Film „Verstehen Sie die Béliers?" singt. Die Untertitel werden eingeblendet:

Liebe Eltern, ich gehe weg.
Ich liebe euch, aber ich gehe weg.
Ihr werdet heute Abend kein Kind mehr haben.
Ich laufe nicht weg, ich fliege (aus).
Versteht mich oder nicht, ich fliege (aus). (Text: Michel Sardou)

In diesen Momenten erinnere ich mich, dass auch ich einmal weggegangen bin, aber leider im Zorn. Jetzt aber bin ich so im Bann der Musik, dass ich das Tippen unterbreche, das Laptop von den Knien nehme und mir mit Sandra den Film zu Ende ansehe. Eine gute Wahl, denn die berührenden Texte, die fast aufs klassische reduzierten Kompositionen der zwei Lieder **„Je Vole"** und **„En Chantant"** – gerade in den Chorszenen

- von Michel Sardou, lassen mich wieder tief in meine Vergangenheit tauchen.

Aus „En Chantant" damit Ihr wisst, worüber ich hier so erfreut bin:
Das Leben ist viel lustiger, es ist weniger enttäuschend beim Singen.
Die Liebe ist viel komischer, es ist weniger enttäuschend mit Singen.
Die Welt ist viel lustiger, es ist weniger enttäuschend mit Singen.
Der Tod ist viel heiterer, es ist weniger enttäuschend mit Singen.
Als ich ein kleiner Junge war, wiederholte ich meine Lektionen (Hausaufgaben)
singend und viele Jahre später verjagte ich meine dunklen Ideen (Depressionen)
singend (in dem ich sang)
Es ist viel weniger beunruhigend, über eine schlechte Zeit zu sprechen,
indem man singt
und es ist viel netter sich als Idiot behandeln zu lassen im Lied. (Text: Michel Sardou)

Nachdem ich meinen Tränen freien Lauf gelassen hatte, nahm ich das Laptop auf die Knie und machte mich wieder ans Schreiben, das mir jetzt noch viel leichter fiel. Ja, die Zeit der Unschuld sollte wohl zu Ende gehen in meiner mittlerweile vierten Heimat, in der Stadt Bielefeld am Teutoburger Wald, die es jahrelang angeblich gar nicht gab. Ich fragte mich: Wonach suche ich? Lange schlafen, jeden Abend Disco mit mir als Platten-Jockey, jeden Samstagabend Busfahrten nach Stuttgart zu „Pink Floyd", den „Les Humphries Singers" oder vielen anderen tollen Gruppen, und das mit fünfzig verrückten „Texern" männlich und weiblich im Bus, so wie jeder Samstag an der Textilfachschule in Nagold eine fabelhafte musikalische Struktur hatte.

In der neuen Heimat regnete es häufiger als im Süden, es war nichts los bis auf das Café Oktober und im Bunker Ulmenwall, wo es wenigstens Livemusik im Kleinen gab. Ach, beinahe hätte ich es vergessen, es gab schon das Filmkunsttheater „Die Kamera" in der Feilenstraße. Dieses Kino gibt es noch heute, und es war mein Zufluchtsort, bevor das Leben mich wiederhaben wollte. In den gemütlichen roten, noch nicht abgenutzten Sesseln, verbrachte ich manche Nachmittage und Abende. Besonders gerne sah ich mir die Filme der französischen „Nouvelle Vague", also der „neuen Welle", an.

Es waren so herausragende Filme wie **„Die Spaziergängerin von Sans-Souci"** mit der unsterblichen Romy Schneider und dem großartigen Michel Piccoli oder **„Außer Atem"** mit dem immer rauchenden Jean-Paul Belmondo und der bezaubernden Amerikanerin Jean Seberg. Nach der ersten Vorstellung um drei ging ich zurück zur Kasse und kaufte mir eine Karte für die Vorstellung um 17 Uhr. Das gleiche Spiel um 19 Uhr. Danach konnte ich nicht mehr. Ich glaube, es gibt keinen französischen Film der Nouvelle Vague, den ich nicht gesehen habe.

Spiegel Online, 08.09.2014 / Tod der Schauspielerin Jean Seberg: Zum Verrücktwerden schön: In „Lilith" (1964) spielt Seberg eine junge Nervenkranke. Zu Studien begibt die Protagonistin sich in eine Nervenheilanstalt an der amerikanischen Ostküste. Dort trifft sie auf einen Patienten: „Sagen Sie, sind Sie nicht Jean Seberg aus ‚außer Atem'?", fragte er. „Die bin ich", antwortet sie. „Sie haben mich mit Ihrer Schönheit verrückt gemacht."

Röschen war Geschichte, ich wohnte jetzt allein. Einsam war ich nicht. Im Gegenteil es war meine erste eigene Einraumwohnung und ich hatte meine Platten und meinen Radiosender SWF 3, den ich über die berühmte Dachantenne empfangen konnte. In dieser Zeit, lange bevor der „Redhead" und die „Gräfin" den Menschen im Land spannende Nächte ohne Schlaf bescherten, konnte ich wieder auf den Glückszug meines Lebens in der 1. Klasse aufspringen, den ich für einen kurzen Check-up verlassen hatte. Die Fahrkarte war noch gültig und auf dem hellgrünen Signal war deutlich „Tennis" zu lesen – und das war gut so! Das Glück klopfte ganz einfach an meine Tür. Hatte ganz vergessen, dass ich das „German Glückskind" war, denn ich war drauf und dran, mich Bürger zu nennen.

Ich hatte nach zwei Jahren den Klub gewechselt, ging vom kleinbürgerlichen Osten der Stadt in den vornehmen Westen. Die berufliche Pause war hilfreich, denn jetzt verbrachte ich sieben Tage der Woche in einem der schönsten Tennisklubs in der Region. Meine

Spielstärke nahm zu, die Bekanntheit auch, und das mit dem bunten Hund passte ganz gut zu mir. Die High Society hatte Spaß mit mir. Ich war jung, frech und absolut kompetent, was die Regeln der feinen Gesellschaft betraf. Ich fand sofort Freunde. Wir spielten nicht nur in einem Team, sondern trafen uns fast täglich auch privat.

Als das Klopfen nicht aufhörte, ging ich zur Tür meiner Dachwohnung, öffnete und Thomas und Lothar baten um Einlass. Das waren sie also, die zwei besten Freunde damals. Thomas sagte aber gleich, bitte kein DDR-Fernsehen. Da ich ja meine Kindheit in der damaligen DDR verbracht hatte, verschaffte mir mein Rotor auf dem Dach auch einen uneingeschränkten Blick über die unselige Mauer hinweg. „Nein" sagte ich, „heute ist das Wetter zu schlecht. Kein guter Empfang!" Wir unterhielten uns, tranken Bier und jeder rückte mit der Zeit mit seinen Wünschen und Sehnsüchten raus. Wir kamen am Ende überein, uns zu fragen, wie wir weiter mit unserer vielen Freizeit umgehen sollten. Dann kam uns der Zufall zu Hilfe.

Heute, am 28.12.17, fast eine Tennisewigkeit später, ist Folker Seemann 80 Jahre alt geworden. Ich habe heute erst erfahren, dass er mit „Uns Uwe" Seeler bei den Knaben des HSV in einem Team Fußball gespielt hat. Seine vielen tollen Erfolge als Tennis-Senior, die habe ich dann selbst miterlebt und seine Davis-Cup Einsätze als Schiedsrichter sind heute noch auf Plakaten zu sehen.

Es klopfte wieder an der Tür, die Klingel war wohl defekt, und da stand leibhaftig der damals junge und verrückte Folker mit „F" vor meiner Tür. „Upps", rutschte mir raus, „was machen Sie denn hier?" Damals mussten wir die älteren im Verein noch Siezen und wenn man diese Regel beherzigte, war nach einem Jahr auch das Du nicht mehr weit (meine beiden Freunde waren schon etwas weiter, sie durften ihn schon duzen.) Er wusste, dass wir, die Jungs und ich, erst kürzlich unseren Übungsleiterschein im Tennis erworben hatten. „Kann ich Euch mal kurz sprechen, ich heiße übrigens Folker mit (F)."

Er fiel, so war es seine Art, mit der Tür ins Haus. Er will eine Tennisanlage für Jedermann aufbauen! Das war einmalig in unserer Tenniswelt, die ja damals noch recht elitär war und deshalb den meisten verschlossen blieb. Man brauchte seinerzeit entweder zwei Bürgen, um einem Verein beizutreten, oder musste schon sehr gut das Racket bedienen können.

Reini und Folker, Fotobearbeitung © Sandra Ehrler

Es stellte sich heraus, dass Folker auch so eine Art Glücksritter war. Was er anfasste, wurde Tennisgold und wir sagten zu. Ich nahm das Glück vom Silbertablett gern an. Jetzt fand ich meine neue Tennisheimat noch tiefer im Westen der Stadt, wo fortan jeder willkommen war, diesen für mich auch heute noch faszinierenden Sport einmal auszuprobieren. In den Pionierjahren vom Tennispark Bielefeld, kamen die Seemanns und ich uns näher. Mein beruflicher Check-up war vorüber, und ich stieg ganz sanft in einen neuen Beruf ein, der jetzt aber mal wirklich eine Berufung war. Da ich nicht gerade ein Überflieger in meiner Sportart war, lag es nahe, als Trainer zu arbeiten. Woher wusste Folker oder wie ahnte er, dass es Jahre später diesen Tennisboom in Deutschland geben sollte? Glücksritter!

Seine bildhübsche Frau Monika brachte jeden Mittag „Essen auf Rädern", und hatte dabei die beiden jungen Seemänner Axel und Frank auf der Rückbank ihres Opels - den braunen -, den ich immer übernahm, wenn sie ein anderes Leasingauto bekam. Ihr Bruder war ein bekannter Opel Händler in der Stadt.

Ich wurde ein Teil der Familie. Wobei ich nicht verschweigen möchte, dass es auch noch Oma Ilse gab. Eine waschechte „Hamburger Deern", die noch gut Gas geben konnte am Empfangstresen der Anlage. Sie kam meist zum Kaffeetrinken und blieb bis in den frühen Abend. Es sollte nicht lange dauern und wir waren dabei, die bisherige Steife und von Regeln dominierte Welt des Tennissports aus den Angeln zu heben. Von einer Reise nach Amerika konnte ich nur träumen, doch dann, wie aus heiterem Himmel, fragte Folker mich, ob ich Lust hätte, ihn und seinen Sohn Axel nach Florida zu begleiten. Axel sollte unter der gnadenlosen Sonne Floridas seine Tennisfähigkeiten verbessern, um später mal mit seinem Vater gleichzuziehen, was in Anbetracht dessen ausgeprägtem mentalen Tennistalents ein Leben lang eine nicht lösbare Aufgabe bleiben sollte.

Wir landeten in Miami Beach und unser Ziel war die Nick Bollettieri Tennis Academy in Bradenton, an der Westküste Floridas, ca. 80 Kilometer südlich von Tampa. Bollettieris Ruf, auf knallharte Trainingsmethoden zu setzen, eilte ihm voraus – aber der Erfolg gab ihm recht. Er hat viele Weltklassespieler hervorgebracht, unter anderem André Agassi, Jim Courier, Tommy Haas, Jimmy Arias und Monica Seles.

Wir schreiben das 1981, es ist August, also immer noch vier Jahre vor dem Wimbledon-Sieg von Boris Becker, der übrigens später auch mal kurzfristig das Vergnügen haben sollte, mit Bollettieri zu trainieren, was für ihn aber auf Dauer offenbar zu hart war. Ich kannte das bis dahin nicht: Als wir aus der eiskalten Ankunftshalle des Airports kamen, traf mich die Hitze wie ein Schlag. Wir versuchten, schnell mithilfe unseres Leihwagens der Hitze zu entfliehen. Als wir das geschafft hatten, begann eine der schönsten und heißesten Reisen meines Lebens – einmal rund um Florida herum. Es fing schon mal gut an: Kaum waren wir ein paar Meilen gefahren, da wollte Axel auch schon schwimmen gehen. Ihm war es einfach zu warm. Irgendwie wollten Folker und ich das auch, also raus aus dem Auto und rein in das kühle Nass der Biscayne Bay. Das schmale Stück Strand war mal gerade 50 Meter von der Straße entfernt. Das nenn ich mal einen Einstieg. Da war ich 31 Jahre alt und hatte noch nicht viel gesehen von der Welt. Folker war da schon weltgewandter, kannte sich gut aus und chauffierte uns sicher und ohne Alligator-Kontakt die Route 41 entlang durch die Everglades bis nach Fort Myers, wo wir uns ein Motel zum Übernachten suchten. Es war wie in einem amerikanischen Roadmovie: Grelle gelbe Leuchtreklame, das O von „Motel" leuchtete nicht mehr und am Pool standen abgenutzte weiße Stühle. Es sollte ja nur für eine Nacht sein, aber ich spürte zum ersten Mal, wie anders Amerika war. Übrigens glaubt mal nicht, dass die Air-Condition in der Nacht der Hitze trotzen konnte. Egal, zur Entschädigung gab es hunderte Musiksender. Und was für mich ganz neu war: Die Amis mischten die Genres nicht. Entweder spielte der Radiosender Country oder Rock oder irgendeine andere Spielart der Musik.

Am nächsten Tag fuhren wir entspannt weiter – über Sarasota nach Bradenton, um Axel dort ins Bollettieris Tennisinternat zu bringen. Es war der Tag der Neuzugänge, die ihre Zimmer bezogen und die täglichen Abläufe kennenlernten. Es wurde sehr spät, und wir durften in Axels Zimmer übernachten. Die anderen Mitbewohner sollten erst am frühen Morgen aus Japan eintreffen. Das fand Axel jetzt lustig, denn Japanisch wollte er immer schon mal lernen. Am nächsten Morgen ging es schon früh los und wenn alle da waren, und sie waren da, tummelten sich über 400 junge Menschen aus der großen weiten Welt des Tennissports auf den vierzig Hartplätzen und hechelten jedem Ball, der von einem Instruktor zugespielt wurde, hinterher. Der „Nick" stand am Zaun, die Arme über Kreuz, das Racket locker darübergelegt. Ab und zu griff er ein. Er ging von Platz zu Platz und als er bei Nr. 40 angekommen war, holte er seine Trillerpfeife heraus und blies zum Break. Was für ein Moment! Diese Grundhaltung, am Zaun zu stehen und andere arbeiten lassen, habe ich sofort nach meiner Rückkehr übernommen.

Wir konnten jetzt nichts mehr tun, als dem Junior eine schöne Zeit zu wünschen. Ich glaube, es war keine schöne Zeit, wie er uns nach einem halben Tag schon prophezeite. Es war ihm zu unpersönlich, eine Massenveranstaltung eben, bei der die Nonames die Top Stars mitfinanzieren durften. Axel selbst wechselte dann zu einer anderen Ikone des Welttennis: Harry Hopman. Dort wohnte er in einer Familie, großen Druck gab es bei Hopman nicht, und Axel konnte sein Tennis mal etwas mehr genießen. Kurz nach seinem einjährigen Aufenthalt in den USA hat er sein Leistungsracket in die Ecke gestellt. Hätten Folker oder ich ihm weiterhelfen können? Waren die Schuhe des Vaters zu groß und ich einfach zu nah an ihm dran? Wahrscheinlich ist es noch viel einfacher. Junge Menschen müssen ihren eigenen Weg suchen, um erfolgreich zu werden, auch Umwege führen oft ans Ziel, denn heute ist Axel Seemann sehr erfolgreich im Management, nicht nur im Tennis.

Nachdem Axel wohl froh war, ab jetzt nicht mehr unsere gut gemeinten Ratschläge zu hören, fuhren wir jetzt weiter nach Tampa, wo die Tampa Bay Rowdies in der neuen US Soccer Liga ein Heimspiel hatten. Folker, ein großer Fußballfan, sagte: „Da spielt Uwe Bein mit, ehemaliger deutscher Nationalspieler." Es waren viele Zuschauer da, aber es waren fast nur Familien, die das Event nutzten, um mit ihren Lieben zu picknicken. Das sah lustig aus und hat sich inzwischen natürlich gewandelt. Damals aber war Soccer für den Amerikaner noch sehr exotisch.

Weiter ging es nach St. Petersburg. Ich dachte ja damals, das liege in Russland, was ich danach aber nicht mehr dachte. Unser Ziel dort war das Don Cesar Hotel. Ein unglaubliches Ding, alles rosa. Kam man aus dem Zimmer, stand man direkt am Strand und sah den buntesten Sonnenuntergang, der einem je untergekommen ist. Wenn ich mal heirate, dann da. Scherz. Nein, wir waren keine Gäste über Nacht, aber wir sonnten uns am Luxus des Hotels.

Jetzt ging es Schlag auf Schlag. Das Don Cesar war Geschichte und Orlando lockte mit dem unvermeidlichen Foto, wo man seinen Kopf in den ausgesägten Kopf einer Tierfigur gleich am Eingang von Disneyland durchzustecken hatte. Danach ging es direkt nach Delray Beach, um dort noch einen Stopp einzulegen. Folker kannte einige gute Tennisspieler in den Badeorten, Delray Beach, Boca Raton und Fort Lauderdale.

Wir fuhren also zum Tennisspielen in einige Traumorte Floridas, spielten auf Green Clay (Amerikanischer Sand) gegen nette US-Boys so eine Art Davis-Cup. Wir spielten nur Doppel und Folker musste mich mit durchziehen, wie schon so oft und später immer wieder. Es nutzte nichts, denn die US-Boys gewannen letztlich verdient mit 2:1. Ein Trost war immerhin, dass sich die unglaublich gut aussehende PR-Managerin Maureen Tucker am Abend die Ehre gab, mit uns zu dinieren. Gut, die Ami-Jungs waren auch dabei.

Frank, Monika, Reini und Axel,
Fotobearbeitung © Sandra Ehrler

Schöne, lange und erfolgreiche 15 Jahre war ich das
„DRITTE KIND". Ich war kein einfacher Zeitgenosse für
Folker, denn er war mein Vaterersatz und ich musste
mich, sehr zu seinem Leidwesen, an ihm abarbeiten,
um so langsam auch mal erwachsen zu werden. Er hat
mir, trotz meiner vielen Schwächen, eine zukunftsori-
entierte, heute würde man sagen „nachhaltige", Ausbildung ermöglicht. Im Tennis hat er mich immer be-
siegt – da lernt man halt das Verlieren – und war dabei
immer mehr als ein guter Freund. Nein, er setzte
meine beruflichen Segel in den richtigen Wind. Danke
dafür!

Zum Abendtraining kamen dann die beiden Freunde
Thomas und Lothar, und wir gingen gemeinsam bei
den jungen Damen durch dick und dünn. In dieser

unbeschwerten Zeit kam auch der Zauber des Lebens wieder. Nicht besser, aber anders. Der Satz „Mehr Glück als Verstand zu haben" traf, wie schon so oft, auf mich wieder mal zu. Ein großes Kind war ich weiterhin, aber das Glück nahm ich dankend an. Hier wurde ich von meinem Freund Thomas mal so ruckzuck in „Reini" umbenannt. Er meinte damit wohl, das weinerliche Kind in mir. Ja, bis heute, inzwischen 68 Jahre alt, bin ich Reini, und wisst Ihr was, das lässt sich nicht mehr ändern. Die Queen wird mich sicher nicht mehr zum Ritter schlagen. „Sir Reinhard" hört sich einfach nicht an. Obwohl, Thomas wird aus dem Reinhard einfach ein Richard machen, und dann passt es ja wieder. Na, mal sehen, was die Zukunft bringt. Als Folker also meine Segel auf der „Schaluppe Tennis" setzte, gab es keine Minute, keine Stunde oder eine andere Zeiteinheit mehr, die ich als Arbeit empfand.

10 Jahre später sollte der beginnende, lange anhaltende Tennishype um die Helden der weißen Bälle und Schweißbänder, die Countess und der Boris, ausgerechnet mir meine Zukunft sichern. Aber wer denkt schon an Später? Ich tat es jedenfalls nicht, auch wenn ich schon ein Jahr über Dreißig war. Ehrlich gesagt müsste meine „Romanografie", die ich gerade zu Papier bringe, eigentlich der „Spätzünder" heißen.

Der Sound der Returns, Volleys oder Aces war wie eine zweite Musik für mich geworden, nein, es war ein zweites Leben mit einer neuen, ganz anderen Familie, die meine wackeligen Beine nach und nach stabilisiert hat. Aus der gebeugten, immer etwas schamhaften Haltung, nahmen die Seemänner eine wohltuende und bald schon von Weitem zu sehende Haltungskorrektur vor. Es waren diese vielen, interessanten, spannenden und aufregenden Menschen, die das Leben für mich so lebenswert, ja, liebenswert machten. Als drittes Kind fehlte es mir an nichts. Rein gar nichts!

Das war die eine Seite der Medaille, die obere. Oft spielte ich den „dummen August", denn wir waren ja auch so etwas wie ein Zirkus. Ein Tenniszirkus halt. Doch da gab es ja noch die Rückseite der Medaille, die Sehnsucht nach ...? Ja, wonach suchte ich jetzt schon all die Jahre? Wonach suchte ich in den zahlreichen Beziehungen, die nicht ohne Wirkung bei mir und den Frauen blieben? Kein Mensch, ich war mir dessen gar nicht so bewusst, möchte einen anderen kränken, gar seine Gefühle verletzten oder ihn gering schätzen. Das Wirrwarr meiner Gefühle, die großen Sehnsüchte und das Verlangen nach körperlicher Nähe ließen mir keine Zeit, über meine Wirkung nachzudenken. Ich raste im Eiltempo, nicht nur an den Menschen, sondern auch an mir selbst vorbei. Die Haltepunkte waren kurz und nicht schön für die, die nicht weiterfahren konnten. Ich glaube, ich kann es noch einfacher sagen. Es war einmal ein Abend, an dem mich meine Tenniseltern zu einem Ball mitnahmen. So mit Anzug und Standardtänzen. Genau nicht mein Ding damals. Da ich zufällig nicht liiert war, also solo, so hieß das damals, hielt ich den Abend Ausschau nach Jemandem. Ich lief die zahlreichen Logen rauf und runter und suchte, was man nicht finden kann. War schon wieder fast an der letzten Loge vorbei und wollte schon zurück zum Tisch, da hörte ich eine Stimme aus dem Off – ähm Loge: Sie wirken ja wie ein hungriger Wolf! Ja, das war ich, hungrig nach Geborgenheit, Verlässlichkeit und vor allen Dingen Achtsamkeit.

Parallel zu meiner Suche bauten Folker, die Freunde und ich auf, was aufzubauen war, denn da sollte ja noch ein Orkan auf uns zukommen. Nicht der, der die aufblasbare Halle meilenweit mitnahm, sondern der der beiden Deutschen mit dem Plock, plock. Plock. Plock, plock.

Eigentlich hätte ich jetzt weiterziehen müssen. Auf zu einer neuen Heimat, auf zu neuen Eltern, auf zu einer anderen Sprache und überhaupt. Es war eigentlich an der Zeit, es noch mal woanders zu versuchen, die Welt zu erobern. Doch ich war nicht mehr mutig und leidenschaftlich genug, mit nichts einfach so loszuziehen.

Doch halt, ich war ja das „German Glückskind", und das klopfte mal wieder, diesmal umso heftiger, an die Tür. Denn die ganze Republik begann mit einem Mal von früh bis spät, Tag und Nacht im Fernsehen Tennis zu schauen. Der Rotschopf und die Gräfin sorgten dafür, dass Folker, die Crew und ich bald schon im Frühjahr Gruppenreisen organisieren mussten, um in wärmeren Gefilden den Trainingsstau aufzulösen, der sich durch die neue Tennisbegeisterung im Lande bei uns gebildet hatte.

So wurden mir, wie aus dem Nichts, Orte wie Limone am Gardasee, Dubrovnik, die Traumstadt an der Adria (damals noch Jugoslawien) mit der Mauer drumherum, eine Hazienda in Agadir Marokko und „last but not least" das wunderschöne Portugal mit seiner Algarve-Küste und meiner erklärten Lieblingsstadt Lissabon auf dem Silbertablett serviert. Über Limone ist alles gesagt, wenn nicht kommt es noch, dann aber gewaltig. Im ehemaligen Ostblock war das Wetter nett, das Essen so la la und die Kellner unterirdisch – aber in der Altstadt von Dubrovnik mit der mit Kalkstein gepflasterten Fußgängerzone verbrachte ich viel Zeit und mein Blick ging hinaus aufs offene Meer. In Agadir ritten Fabian und ich auf einem Kamel, locker vom Höcker und die Tenniskarawane einfach hinterher, bis fast ins Meer.

Europe meets Africa, Fotobearbeitung © Sandra Ehrler

Na, wurde es wieder Zeit zu gehen? Wenn ja wohin? Amerikaland? Halt, Portugal wäre eine Option gewesen, nachdem ich vorher schon alle noch so guten Angebote, in der deutschen Enklave Gardasee, in den Wind geschlagen hatte.

Es war einfach, wenn man den Weg von der Algarve nach Lissabon suchte. Man fuhr rechts herum und dann immer gerade aus. Das machte ich gern an trainingsfreien Tagen und so früh am Morgen wie möglich hin und so spät zurück, wie ich nur konnte. Immer vergaß ich vorher Folker mit (F) meine Essensmarken zu überlassen, was er mir regelmäßig übel nahm. Die Freude, Land und Leute zu erleben, machte mich unfähig, an Essensmarken zu denken.

Ja morgens, da zeigten mir die Scheinwerfer den Weg in die Hauptstadt Portugals. Sie durchschnitten wie Laserstrahlen die roten Sandsteinfelsen am Atlantik und wiesen mir den Weg. Kaum mal ein Auto, das mir entgegenkam, und so konnte ich den portugiesischen Musikstil, den **„Fado"**, oder die **„Música Popular Brasileira"** im Autoradio genießen. Kommt man von Westen, steuert man ganz automatisch auf die 1882 erbaute „Mercado da Ribeira" zu. Es ist die älteste und größte noch erhaltene Markthalle Lissabons. Sie liegt in unmittelbarer Nähe des Tejos, und ich begann mit einem Essen auf einem der 750 Sitzplätze. Dann ging ich zu Fuß weiter, denn am Eingang zum „Elevador de Santa Justa", im Stadtzentrum von Lissabon, der den Stadtteil Baixa mit dem höher gelegenen Stadtteil

Chiado verbindet, besuchte ich meinen Freund „João Pedro da Silva", einen Schuhputzer von 87 Jahren, der Deutsch sprach. Ich besuchte ihn jedes Mal, ohne Ausnahme, und mir war immer das Äffchen lieber als der Leierkastenmann.

Er freute sich über meinen Besuch, fragte: „Gehte gute?", blinzelte mir zu und begann schweigend nicht nur meinen Schuhen neuen Glanz zu verleihen. Ich mochte dieses Ritual am frühen Morgen. Es wurde gerade warm, der würzige Zigarrengeruch von João, meine Camel ohne und der Espresso in einer Keramiktasse aus der Bar nebenan machten das Glück an diesem Tag vollkommen. Danach ging es fünfundvierzig Meter, mit 24 anderen, hinauf mit dem Lift und dann auf Entdeckungstour durch die Oberstadt und ja, in Marburg an der Lahn gab es jetzt mittlerweile auch so einen Lift in die Oberstadt.

Die Zeit nimmt keine Rücksicht auf Wege, die man geht oder wenn man an Orten länger verweilt. Man muss aufpassen, dass man nicht etwa die Zeit verschläft. Oder? Also ich spürte, dass es jetzt doch Zeit wurde, noch einmal auszubrechen. Als junger Mann hatte ich mich an meiner „Tennisfamilie" gerieben, es ihnen nicht immer leicht gemacht, aber wie auch in anderen Clans muss man gehen, wenn nichts mehr geht.

Zu dieser Zeit war es auch, dass die Band „Pink Floyd" ihr letztes Studio Album „The Wall" veröffentlichte. Natürlich gab es auch hierzu einen spannenden Artikel in der Spiegelausgabe vom 07.12.1979 mit dem Titel

„An der Klagemauer" in dem unter anderem folgendes sinngemäß zu lesen war: Der Pink-Floyd-Sound ist süß und süffig wie eh und je: Breit strömende Akkorde, schöne herbe Harmonien, ein behäbig trottender Bass und schluchzende Gitarren-Kantilenen, sanft in Nachhall-Watte gepackte Lyrismen, romantische Pop-Balladen und opernhaft aufrauschende Passagen bilden das Klanggeflecht des Albums.

Mit „We don't need no education" fing Pink Floyd in den Achtzigerjahren die Gefühle einer ganzen Generation ein. Es drückte das Empfinden vieler Schüler aus, die sich durch den Fleischwolf eines Schulsystems gedreht fühlten.

Pink Floyd, The Wall, Foto @ Kai Schäfer

Sehr geehrter Herr Moh,
hiermit erteile ich Ihnen die Erlaubnis, das Motiv Pink
Floyd, The Wall auf B&O EINMALIG für Ihr Buch zu nut-
zen…
©artwork: www.worldrecords.me, Kai Schäfer

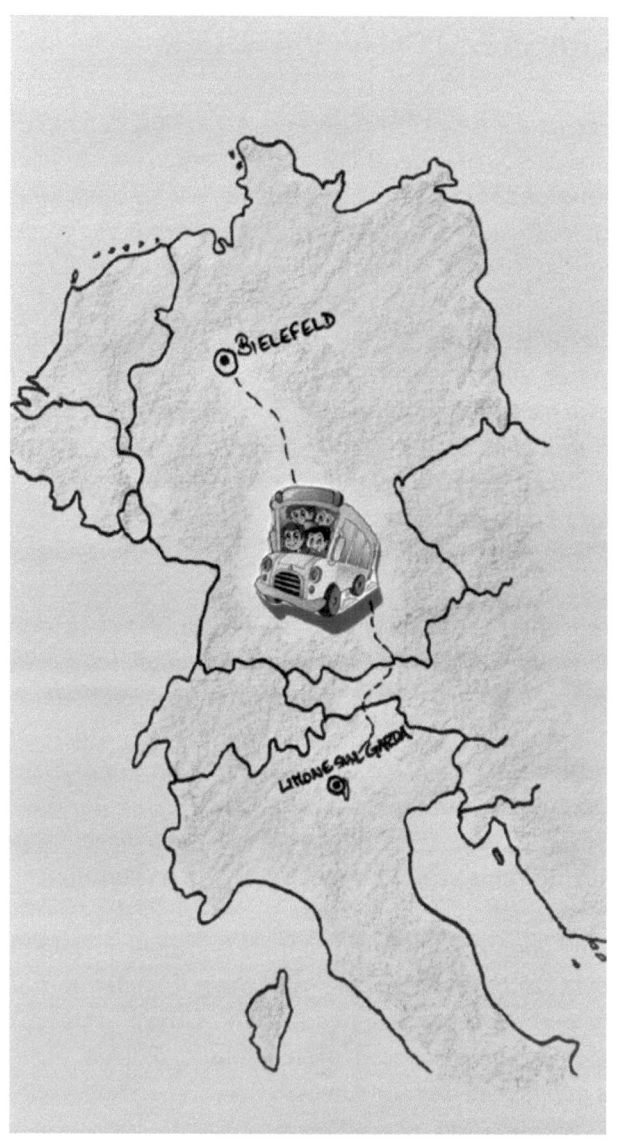

IL RAGAZZO DELLA VIA GLUCK

Dies ist die Geschichte von einem von uns, der zufälligerweise auch in der Glückstraße geboren wurde. In einem Haus am Stadtrand mit ruhigen werktätigen Menschen. Da wo einst Gras war, ist heute Stadt und dieses Haus im Grünen, wo ist es geblieben? Dieser Junge aus der Glückstraße, der hatte Spaß, mit mir zu spielen, aber eines Tages sagte er: „Wir ziehen in die Stadt!" und er weinte dabei. Ich fragte ihn: „Freust du dich denn nicht? Endlich kommst du in die Stadt! Da hast du all das, was es hier nicht gibt. Du kannst dich in der Wohnung waschen und brauchst dazu nicht auf den Hof zu gehen!"

„Mein lieber Freund" sagte er, „ich bin hier geboren und in dieser Straße bleibt mein Herz! Warum verstehst du das denn nicht? Es ist ein Glück für euch, dass ihr weiter barfuß hier auf den Wiesen spielen könnt, während ich im Zentrum den Staub vom Zement einatmen muss. Aber der Tag wird kommen, an dem ich hierher zurückkehre und wieder unseren Freund, den Zug, pfeifen hören werde: „Wuu, wuu!"

Die Jahre vergingen, acht lange Jahre, und dieser Junge machte ganz schön Karriere. Aber er vergaß nie sein altes Zuhause. Jetzt hatte er so viel Geld, dass er das Haus kaufen konnte. Er kam zurück, aber er konnte seine Freunde von damals nicht mehr finden, nur Häuser über Häuser, Teer und Zement. Da wo einst Gras war, ist heute Stadt und dieses Haus im Grünen, wo ist es geblieben? (Aus dem italienischen frei übersetzt, Originaltext Adriano Celentano)

Dieser Songtext vom gleichnamigen Lied ist von „Adriano Celentano" aus dem Jahr 1966 und hat viel mit mir gemein, trifft aber auch genauso auf meinen „Italienischen Freund" Claudio zu, der die Hauptrolle in dieser Episode spielen wird.

Um meinem Drang nach „grenzenloser" Freiheit so nah wie möglich zu kommen, hatte ich meinen Bürojob ja schon vor einiger Zeit ein für alle Mal an den Nagel gehängt. Dafür hatte ich bekannterweise auch in Kauf genommen, kein festes Einkommen zu haben und eine Zeit lang einfach in den Tag hineingelebt. Am liebsten hätte ich damals studiert, irgendwas mit Psychologie. Das interessierte mich und ich dachte, ich könnte etwas über mich erfahren. Freunde und ich gingen oft mittags - die Studenten schliefen ja meist noch - in die Mensa zum Essen, und ich versuchte vor Ort herauszufinden, wie man sich am besten hineinmogeln konnte in die Welt der Schlauen. Erfolglos.

Mein liebstes Hobby – das Tennisspielen – konnte ich aber ohne Tricks zu meinem Beruf machen. Die Ausbildung zum Staatlich geprüften Tennislehrer fand, welch Wink des Schicksals, an der TU in München statt. So kam ich doch noch an eine richtige Universität, ganz ohne zu mogeln. Für mich war es etwas Besonderes. Zwei Jahre lang konnte ich mit anderen Spitzensportlern studieren und durfte am Ort der Olympischen Spiele `72 leben, mit all seinen sportlichen und tragischen Erinnerungen.

Von vielen Punkten des Unigeländes aus hatte man eine schöne Aussicht auf das Olympiastadion mit dem kleinen See davor, aber die absolute Attraktion für meine Augen war das Zeltdach der Arena. In meinem Lehrgang waren damals richtig gute Tennisspieler, Deutsche Meister und noch mehr verrückte Typen, an die ich mich sofort hängte. Die spielten nicht nur um Klassen besser, sondern kamen meist von großen Traditionsvereinen in Deutschland, bei denen man selbst gern gespielt hätte.

Noch heute treffe ich Eddy Euling, wenn ich wieder mal mit Sandra in Garmisch ein paar Tage Tennis spiele, in seiner Anlage am „Dorint Hotel". Wir erzählen uns dann immer die dieselbe Story, wie wir uns damals „ALLE" eines Nachmittags heimlich ins Stadion schlichen, um verbotenerweise aufs Dach zu steigen. Es war gar nicht so ungefährlich für Amateure, wie wir es waren, aber unser Sport hat uns geholfen, unfallfrei die Gänge auf dem Dach zu erreichen. Oben angekommen konnte man die Stadtkulisse Münchens sehen. Aber so richtig ins Staunen kam ich erst, als mein Blick sogar die bayerischen Voralpen und die Zugspitze erreichte. Okay, freie Sicht gibt es hier auch nur bei schönem Wetter, aber das hatten wir. Es war auch Zeit für diese Tour, denn am nächsten Tag begann die Prüfungswoche für mich und die anderen. Nein, wir wurden nicht erwischt, aber davor hatten wir auch keine Angst.

Nach der Prüfungswoche reiste ich als frischgebackener Staatlich geprüfter Tennislehrer von München direkt in Richtung Gardasee. Dort sollte ich Quartier für unsere erste Trainingsgruppe der Tennisschule machen. Ich wusste nicht, was mich dort erwartete, aber es sollte nach dem ausschweifenden Leben während meines Schmalspurstudiums im Schwarzwald ein weiterer Höhepunkt in meinem Leben werden. Es wurde eine neue Liebe, ein weiterer Sehnsuchtsort und der Song **„Il ragazzo della via Gluck"** von Adriano Celentano begleitete mich viele Jahre. Er ist noch heute sehr aktuell für mich.

Meine Aufgabe war es, nach Ankunft am See den Berg zu erobern. Die enge Straße schlängelte sich serpentinenartig hinauf und weg vom See. Vor jeder Kurve musste man hupen, um zu verhindern, dass es zu Frontalzusammenstößen kam. Hatte man diese Etappe heil überstanden, kam man oben zu einem tollen Hotel. Den Tipp hatte ich von Eddy und der Blick über einen Teil des Sees war so unglaublich, dass er fast sogar die Aussicht vom Dach des Olympia-Stadions ausstach. Eddy meinte noch: „Du, da gibt es noch unweit vom Hotel ein nettes Paar aus Bayern, das gerade mit dem Bau von Tennisplätzen fertig geworden ist. Schau dir das mal an, denn zu der Zeit wollen alle Tennisspieler in den Süden, um einen Schritt Vorsprung am Beginn der Tennissaison zu haben." Viele der neuen Eroberer Norditaliens und das Paar aus Bayern taten sich zusammen, was Freundschaften hervorbrachte, die heute noch existieren.

Bei all der sportlichen Eroberung, der See war ja schon seit den sechziger Jahren fest in deutscher Hand, versäumte ich es nicht, zarte Bande auch zu den „Eingeborenen" unten im Ort (der eine Zitrone im Stadtwappen zeigt), zu knüpfen. Als ich bei meiner Ankunft morgens um 10 das erste Mal die traumhafte Aussicht genoss, spürte ich wieder, wie richtig es war, ein selbstbestimmtes Leben zu Leben.

Als ich die Freiheit wählte, ahnte ich allerdings noch nicht, was das später für Konsequenzen mit sich bringen würde. Kennt Ihr noch das Märchen von dem „Hans im Glück" der Gebrüder Grimm, die ja auch eine Zeit lang in meinem geliebten Marburg lebten, und die die wahren kleinen Geschichten der Menschen dort ganz schön aufpeppten? Wenn nicht, gibt es hier die Kurzfassung:

Hans erhält als Lohn für sieben Jahre Arbeit einen kopfgroßen Klumpen Gold. Diesen tauscht er gegen ein Pferd, das Pferd gegen eine Kuh, die Kuh gegen ein Schwein, das Schwein gegen eine Gans, und die Gans gibt er für einen Schleifstein mitsamt einem einfachen Feldstein her. Er glaubt, jeweils richtig zu handeln, da man ihm sagt, ein gutes Geschäft zu machen. Von Stück zu Stück hat er auf seinem Heimweg scheinbar weniger Schwierigkeiten. Zuletzt fallen ihm noch, als er trinken will, die beiden schweren Steine in einen Brunnen. Endlich ist er glücklich, die schweren Steine nicht mehr tragen zu müssen. „So glücklich wie ich", rief er aus, „gibt es keinen Menschen unter der Sonne." Mit

leichtem Herzen und frei von aller Last ging er nun fort,
bis er ... (Text frei nach den Brüdern Grimm)

Auch ich sollte viel, viel später erleben, wie es sich an-
fühlt, wenn die Last der Schuld nicht mehr zu tragen
ist. Das ist ein weiter Weg im Leben.

Dem Monster Krebs habe ich mit einem Buch als er-
gänzender Therapie den Kampf angesagt. Und als ich
das erste Buch in der Hand hielt, dachte auch ich: „So
glücklich wie ich, gibt es keinen Menschen unter der
Sonne." Mit leichtem Herzen und frei von aller Last bin
ich hier jetzt ja schon mitten im Nächsten.

Als ich damals in Richtung des Ortes Limone fuhr,
wurde es mit jedem Kilometer wärmer, die Zeit
verging wie im Fluge und das Autoradio spielte gerade
„Ancora tu" von dem leider viel zu früh verstorbenen
Lucio Battisti, als ich auch schon da war. Ich hielt mitten im Ort an und mir war, als würde ich mich hier
schon auskennen. Gleich rechts von mir gab es zwei
wunderschön gelegene Tennisplätze. Das Rot war ro-
ter als bei uns zu Hause und die Plätze wurden umran-
det von terrassenförmig angepflanzten Pinienbäu-
men. Sofort kam wieder dieses Gefühl des Weiterzie-
hens auf, das mich schon in den ersten fünfundzwanzig Jahren meines Lebens immer weitergetrieben
hatte. Es brauchte einige Jahre, bis ich nicht mehr
ständig davon träumte, für immer in dem schönen Ort
der blühenden Zitronen zu leben. Aber in meinem Herzen ist Limone sehr schnell ein Stück Heimat geworden
und ist es bis heute geblieben.

Auch Glückskinder können oftmals das Glück nicht vom Boden aufheben, obwohl es direkt vor ihnen liegt. Ich hatte es mir wohl in den Jahren zuvor etwas zu bequem gemacht. Der jugendliche Leichtsinn war futsch. Wo war die Zeit der Unschuld, der Sorglosigkeit und die Abenteuerlust geblieben? Einfach ins Auto setzen, ab nach Italien und dort sehen, wie es mit dem Leben für immer oder nur auf Zeit ist? Ich war feige geworden.

Ich stieg also vor dem Campo di Tennis aus, während im Radio gerade **„Wish You Were Here"** von Pink Floyd gespielt wurde. Die sich langsam steigernden Gitarrenklänge, mit denen der Song anfängt, zauberten eine besondere Stimmung an diesen Ort herbei und ich ging gespannt in Richtung Eingang. Als ich das Gartentor öffnete, sah ich ihn gleich auf dem vorderen Platz stehen, er wässerte gerade den Platz und lächelte mir an der Tür zu. Von diesem Moment an war mir klar, dass das eine erstaunliche Freundschaft werden würde. Ich packte die Gelegenheit beim Schopf und fragte spontan, ob ich hier auch mit einer Gruppe trainieren könnte? „Naturalmente", antwortete Claudio, um dann sofort ins Deutsche überzugehen: „Dann lass uns mal schauen, was wann geht." Es ging Einiges und für mich sollte sich dadurch eine neue Tür öffnen. Im Laufe der vielen Jahre unserer Freundschaft habe ich Italien kennen und lieben gelernt: seine Menschen, seine leichte Lebensart und Gastfreundschaft, seine Kultur und besonders die Musik.

Manchmal reiste ich vier Mal im Jahr dorthin und Claudio stellte mir nach und nach alle seine Freunde vor. Oft war ich zum Essen in der Familie eingeladen oder verbrachte die Abende mit Claudios italienischen Freunden in einer Osteria, bei Wein und Käse.

Claudio, Fotobearbeitung © Sandra Ehrler

Verliebt war ich auch in die Sprache, saugte jedes Wort auf und bat dabei gleich um Übersetzung. Richtig hin und weg aber war ich von den Musikhelden, den männlichen wie den weiblichen. Im Laufe der Jahre hatte ich mehr Schallplatten mit italienischer Popmusik in meiner Sammlung als viele andere.

Die Freude war groß, wenn Claudio zu mir sagte: „Heute essen wir zu Hause." Mama Rosa kochte und Papa Rosa ging an diesen Tagen früh in die Berge, um Pilze zu sammeln, die es dann zum Fleisch gab, nachdem man schon einen Teller Pasta gegessen hatte. Rosa war der Nachname von Claudio. Seine Schwester, die auch im Ort arbeitete, und sein kleiner Bruder, der beim Militär war, komplettierten die Familie. Ich fühlte mich pudelwohl im Kreise der Rosas und ihren Freunden und wurde mit der Zeit auch so eine Art Exot in und um den See herum. Mein italienischer Freund ist heute glücklich verheiratet und hat zwei süße Mädchen im Teenageralter, doch leider hat eine von ihnen auch den bösen Krebs. Alle vier kämpfen, wie ich, täglich dagegen und sind ebenso auf einem guten Weg. Als Sandra mit mir meinen Sehnsuchtsort „Limone" vor ein paar Jahren besuchte, lernten wir die Mädchen kennen und uns ist sofort deren Lebensfreude aufgefallen, die sie sich trotz der Krankheit bewahrt haben.

Besonders gerne erinnere ich mich an das Jahr, als ich wieder mal das internationale Tennisturnier spielte und zum Helden avancierte. Ich besiegte nach großem Kampf einen bei meinen Freunden unbeliebten Spieler aus dem Nachbarort. Erst um Mitternacht verwandelte ich den Matchball mit einem As und hatte von da an meinen italienischen Spitznamen: „Maestro di Tennis".

Der Winter zog langsam auch in Norditalien ins Land, wenn auch einen Monat später und mit wenig Schnee. Der besondere Zauber des Sommers schien durch die Herbststürme wie weggeblasen. Auch die Musik verschwand aus dem Ort, denn die Lokale machten ihre Terrassen dicht, schlossen die Fenster mit den typischen bunten Fensterläden. Wenn dann noch die Stecker aus der Musikbox gezogen wurden, war nur noch der Lärm der vielen „Moto Crosser" zu hören. Die trieben ihren Sport in den umliegenden Bergen und wenn man in der Dunkelheit in die Berge schaute, sah man viele kleine Lichter auf und abtanzen. Man konnte meinen, dort seien motorisierte Glühwürmchen unterwegs.

Die verwegenen und halsbrecherischen Fahrten auf dem Sozius von Claudios „Moto Guzzi" von Limone zum Nachbarort und zurück waren jetzt aufgrund der nassen Straßenverhältnisse auch nicht mehr möglich.

Mama Rosa war froh darüber, denn Sie hatte Angst um ihren großen Sohn. Immer wenn wir im Sommer nach dem Essen abfuhren, hob sie schimpfend die Hand und rief uns hinterher: „Per favore lentamente – bitte langsam – figlio mio."

Ihre Angst war nicht unbegründet, denn einige Zeit später, da war meine Zeit am See schon lange vorüber, hatte er einen schweren Unfall. Es war wohl Glück, dass er am Leben blieb, sagte er mir viele Jahre später.

Als der Winter nun da war, kamen wir auf die Idee, dass Claudio den Winter doch auch mal bei uns in Deutschland verbringen könnte. Gedacht getan,

Folker unser Boss war einverstanden. Alle waren von der Idee begeistert.

Claudio verbesserte in dieser Zeit sein ohnehin schon gutes Deutsch, besaitete die Rackets unserer Spieler, ging gemeinsam mit mir zum Fußball, spielte Tennis mit mir und wir unternahmen viele Ausflüge in der Region. Er war eine Bereicherung in unserem Leben. Und: Jetzt war er mal der Exot, ganz so wie ich bei ihm zuhause. So geht es manchmal im Leben.

Als Claudio mal wieder Heimweh hatte, erinnerten wir uns gemeinsam an die Hochzeit von seinem Freund Damiano. Wir feierten im Hotel „Le Balze" hoch über dem See. Es war einer der Momente, die man nie vergisst. Als das Essen vorüber, die Tische auf die Terrasse verbannt und die Stühle gleich einer Wagenburg im Rechteck aufgestellt waren, fing die Band ohne Vorwarnung an zu spielen – alles so wie seit Jahrhunderten üblich. Alle tanzten, jung, ganz jung, alt und ganz alt, fröhlich zur Musik. Wer den ersten Teil des Mafia-Epos „Der Pate" mal gesehen hat, kann sich unsere italienische Hochzeit vorstellen. Nur drinnen und nicht draußen.

Stunden später, die Kinder schliefen im Schoß der Großeltern und die Stimmung kam zum Höhepunkt, da wünschte ich mir **„The House of the Rising Sun"** von den Animals, wollte mitsingen, obwohl nicht ganz textsicher. Das merkte Claudio, sprang mir nach, schnappte sich das Mikro und fing an in seiner Sprache: *„Ecco una casa a New Orleans"* und ich antwortete mit: *„They call the Rising Sun"*, Claudio wieder: *„Ed* *è stata la rovina di molti un povero ragazzo"* und mein Text war: *„And God I know I'm one…"*.

Den Text habe ich übrigens Jahrzehnte später mal auswendig gelernt: *There is a house in New Orleans, they call the Rising Sun, and it's been the ruin of many a poor boy And God I know I'm one, my mother was a tailor, she sewed my new bluejeans My father was a gamblin' man down in New Orleans.* (Traditionell, neuer Text: Eric Burdon)

The New Animals, Fotobearbeitung © Sandra Ehrler

Was für ein Moment. Das Gefühl, voll im Leben angekommen zu sein. Und doch frage ich mich, ob das ein Trugschluss war, denn die Vergangenheit lastete schwer auf mir. 40 Jahre später mit der Diagnose Lungenkrebs kann ich endlich darüberschreiben: Alles für Jedermann und Jederfrau sichtbar machen, das will ich und bin froh, dass die schweren Mühlsteine langsam

105

von meinen Schultern weichen. Im ersten Teil meiner der Biografie „German Glückskind" ging ich daher schonungslos mit meiner Vergangenheit um. Es hätte eher geschehen müssen, wäre ich nicht so ein entsetzlicher Feigling gewesen.

Inzwischen lag eine Schneedecke über dem Berg der Sparrenburg und mein italienischer Freund freute sich ein Loch in den Bauch, denn er mochte Schnee. Den Schnee kannte er schon, denn im Winter fuhren die Limoneser nach „Madonna di Campiglio" - auch so ein Sehnsuchtsort von mir, mit einer großen Ausstrahlung. Ich war ein Träumer und glaubte, wenn ich meinen Freund Claudio nach Deutschland holte, könnte ich mit ihm auch den Sommer von Limone nach Bielefeld importieren. Das misslang fürchterlich, denn im Laufe des strengen Winters wurde ich missmutig und war mit der Situation, nicht allein zu wohnen, sehr unzufrieden. Die Ausreden, mit denen ich Claudio bei anderen Freunden unterbrachte, waren lächerlich. Ich benahm mich wie ein Idiot und übersah schon wieder die Konsequenzen meines Handelns. Sollte ich also versucht haben Euch weiszumachen, ich hätte damals über eine besondere soziale Kompetenz verfügt - glaubt mir kein Wort. Wir beide haben nie wieder darüber gesprochen.
Jetzt sage ich endlich „scusa" mein Freund.
Ora finalmente dico "scusa" amico mio.

Am 11.11.2013 wurde auf Spiegel online gemeldet, dass die Stadt Mailand die berühmte Via Gluck, die

Adriano Celentano in seinem Song „Il Ragazzo della Via Gluck" besingt, unter Denkmalschutz stellen will, da sie zu einem wichtigen Ort für die italienische Identitätsbildung geworden ist: „Tatsächlich hat der Weg Hunderttausender in die Städte in den vergangenen 60, 70 Jahren, vor allem vom armen agrarischen Süden – Kalabrien, Apulien, Sizilien – in die boomende Industrie im Norden, das Gesicht und die Identität Italiens tief verändert."

EINER FÜR ALLE, ALLE FÜR EINEN

„TI AMERO"

Aus dem Autoradio erklang vor fast 37 Jahren auf der Frequenz von „Radio Italia", ein ans Herz gehendes Canzone von einem Spanier mit Namen Miguel Bosé. Das Lied heißt **„TI AMERO"** und bedeutet übersetzt so viel wie: Ich werde Dich lieben.

Bei wolkenlosem Himmel und 28 Grad quälte sich mein altes Postauto aus dem Jahr 66 mit nur 20 km/h den Berg zum Hotel hinauf. Das ehemalige Postauto war in der auffälligen Farbe Orange, einem gelben Schriftzug, gleichfarbigen Tennisschlägern und dem Namen „Tennispark Bielefeld" lackiert. Dort wo früher der Postbote die Pakete stapelte, saßen jetzt die wildesten und verrücktesten Jungen unseres Vereins. Fabian, Thomas, Kai und Christian waren ob der mörderischen Fahrt aus der Mitte von Deutschland nach „Bella Italia" übermüdet und damit pflegeleicht.

Unser Ziel war die „Nase" auf dem Berg, oberhalb des Sehnsuchtssees der Deutschen, dem Gardasee! Übersetzt hieß es „Le Balze". Wir befinden uns im Jahr 1980 und wir sind schon seit zwei Jahren Stammgäste in diesem Hotel. Wir waren damals sicher eine der ersten Gruppen, die mit beginnendem Tennisboom in Deutschland versuchten, den Berg für die Tenniswelt zu erobern.

Oben in Tremosine angekommen, hoch über dem See, war die Welt irgendwie zu Ende – dachte ich, obwohl das ja nicht sein konnte. Ich fuhr vor, standesgemäß gab es ein Vordach aber keinen Pagen fürs Gepäck. Ganze 14 Stunden hatten wir gebraucht, der Hunger machte sich bemerkbar und die Hitze, ja schon zu Ostern, tat ihr Übriges. Wie immer waren wir die Vorhut, denn die anderen aus unserem Tennisklub kamen erst später mit dem Bus an und dieser musste dann von uns nach oben gelotst werden, die engen Serpentinen – ihr wisst ja. So oder ähnlich spielte es sich jedes Mal bei der Ankunft ab. Die junge Tenniscombo und ich hatten nicht nur die Aufgabe, die Tennistouristen unter meiner strengen Aufsicht zu trainieren, sondern wir mussten auch uns fit machen für die Saison auf Sand.

Marc, Thomas, Markus, Kai, Fabi und der Boss der Combo,
Fotobearbeitung © Sandra Ehrler

Weil in diesem Jahr aber die meisten Hotelzimmer ausgebucht waren, wurden Thomas, Fabian, Christian und Kai in zwei Appartements einquartiert. Die gehörten anderen Gästen, die die Location quasi als Residenz für sich gekauft hatten, aber wenn kein Eigenbedarf war, konnte das Hotel sie weitervermieten. Die Besitzer hatten in ihren Appartements leider auch eine Menge Getränke gehortet. Wurden die Räumlichkeiten dann für Gäste des Hotels benötigt, schloss der Direktor die persönlichen Dinge in einem kleinen Abstellraum des Appartements weg. So geschah es auch mit den zwei Wohnungen, die leider an die hoffnungsvollen Nachwuchssportler aus Bielefeld vergeben wurden.

Nachdem die Combo eingezogen war, hatten sie natürlich nichts Besseres zu tun, als den verschlossenen Raum mit sagen wir mal liebevoller Nachhilfe zu öffnen. Sie wollten halt nur sehen, was sich darin so verbarg. Neugierige Kinder eben. Siehe da, in einem der Räume waren nicht nur persönliche Gegenstände zur Raumdeko, sondern auch der gesamte Getränkevorrat für das restliche Jahr verstaut, vornehmlich Wein und palettenweise Büchsenbier.

Ihr ahnt es schon, aber vor dem Vergnügen stand neben dem täglichen Tennis-Training noch „Kondi" an. Die war in diesem Jahr besonders hart, denn ich engagierte meinen Freund Harry, ein Handball-Konditionsschleifer-vor-dem-Herrn. Es sollte meine Jungs nicht nur fit, sondern auch rund machen. Ich stand am Rand und sah schmunzelnd zu, wie sie sich mit Huckepack-

Läufen im Karree oder mit mörderischen Sprints die 10 Prozent-Steigung zum Hotel hoch quälten. Danach, welch Wunder nach der Qual, stand das programmatische Vernichten ihres unverhofften Alkohollagers auf dem Programm. Und wie immer waren sie sehr engagiert und gründlich. Leider ging ihnen mit der Zeit ein wenig das Gefühl für die Einhaltung der Ruhezeiten sowie für die Sauberkeit in den Appartements flöten. Anfangs hatten wir uns nur gewundert, als die Putzfrauen morgens die ganzen leeren Büchsen aus den Appartements in blauen Säcken entsorgten. Ein paar Tage später jedoch wurde die Lage ernst. Als eines Abends der Hoteldirektor an der Tür eines der Appartements klopfte, aus der der Lärm kam, wollte er wutentbrannt allen klarmachen, dass sie sich total danebenbenahmen. „NIX ZAMPING hier, NIX ZAMPING hier"! Allein sprachlich hörte sich das witzig an, zumal der Direktor auch noch Tedeschi hieß, was übersetzt „Deutsch" bedeutete.

Höflich aber konsequent verweigerten die großen Kids zunächst die Kommunikation in der Landessprache. Ihr Italienisch, wie auch das meine, reichte nur zum Mitsingen von Refrains der neuesten San-Remo-Hits.

Das Ganze gipfelte dann in verzweifelten Beschwörungsrufen des Direktors „Nix Zampingplatz!" Ja, den Jungs war schon klar, dass sie hier nicht auf einem Campingplatz hausten, nur, nun ja, der Geist war (nüchtern) noch willig, aber das Fleisch war zu schwach. Einen Tag später, ich trainierte gerade mit Thomas und Fabian, kam Christian zitternd zum Trainingsplatz und rief immer wieder durch den

Maschendrahtzaun: „Der Besitzer ist da, der Besitzer ist da ... Verdammt!"

Der Besitzer, also der Eigentümer des „fremden Warenlagers", hatte überraschend eingecheckt und es kam, wie es kommen musste, es folgte die italienische Inquisition. Die glorreichen Vier wurden sodann alle vom Hoteldirektor nochmals befragt, ob sie neben dem abendlichen Krach auch noch die Vorräte der Dauermieter geplündert hätten. Als verschworener Haufen, der sie waren, stand fest: Sie werden schweigen oder notfalls untergehen.

Alles was sie sagten, war, dass sie tatsächlich aus dem Ort Limone unten am See eigene Getränkevorräte den heiligen Berg rauf geschafft hatten. Diese waren zwar im Verhältnis zur italienischen Spende verschwindend gering, aber sie bestritten den Missbrauch weiterhin standhaft und überzeugend.

Dann wurde ich befragt und stand natürlich wie ein Fels zu meinen Jungs. Meine Spieler, nein, niemals, die haben nur Tennis im Kopf. Schließlich wurde auch Folker der Big Boss um Auskunft gebeten und auch er stellte sich vor sie: „Wenn sie sagen, sie waren es nicht, dann waren sie es nicht." Und siehe da, der Sturm zog vorüber und sie wurden nicht des Landes verwiesen.

Sie waren sich alle sicher, dass ich natürlich wusste, dass sie über die Stränge geschlagen hatten. Trotzdem habe ich sie, wenn nötig, gedeckt. Die waren halt ein verrückter Haufen damals. Aber wie Renate, die

Mutter von Markus, Dominik und Fabian des Öfteren sagte, hätte ich ihre Jungs mit großgezogen.

Thomas, Fabian und Kai – „Nix Zamping",
Fotobearbeitung © Sandra Ehrler

Dies ist nur eine von vielen Geschichten vom Gardasee, aber ich weiß, dass die Jungs das mit „Nix Zampingplatz!" immer noch als Running Gag verwenden. Wenn sie zum Beispiel auf einer Feier in eine mit Getränken, Flaschen und Büchsen übersäte Küche kommen, wird es immer noch gerne zitiert, hat mir Fabian neulich gesagt. Dank an Fabian, Thomas, Christian & Kai, die immer noch jungen Zeitzeugen von damals.

Wenige Jahre später, gleicher Ort, aber ein anderer Verein. Zwei der glorreichen Vier aus den ersten Jahren war noch mit von der Partie. Am ersten Tag regnete es Bindfäden und wir saßen noch mit einem anderen jungen Spieler aus der neuen Truppe gelangweilt im Speisesaal des Le Balze, leerten eine Flasche Chianti und hielten unsere Video-Kamera direkt auf die Gäste an den Tischen vor der Bar. Es war ein illustres Völkchen.

Dort machte es sich zum Beispiel der damalige Ministerpräsident von Niedersachsen Gerhard Schröder an zwei Tischen gemütlich. Er spielte mit seiner Frau Hiltrud und zwei Bodyguards Karten. Die nahmen „Hillu" gekonnt die Sicht, wenn er gerade mal wieder verbotenerweise ein As aus dem Ärmel zauberte, um sie aus Spaß zu foppen. Lattengerade wie wir drei mittlerweile waren, sind wir rüber und haben ihn vor laufender Kamera gefragt - die Aufnahmen gibt es sicher heute noch irgendwo - was er von dem Getränk Wodka Lemon hält? Er konnte da gar nicht drauf wechseln und fand es nicht witzig, in seiner Freizeit gefilmt zu werden. Er drohte mit seinen starken Jungs, die aufstanden und uns dann aber verschonten, weil ich schnell, wenn auch etwas „lallend", anbot, am nächsten Morgen ein Friedensdoppel zu spielen. Er nahm an, doch es regnete auch am nächsten Tag unaufhörlich. Die Wolken hingen tief in den Bergen und wenn man sich ein wenig mit dem Wetter am See auskannte, wusste man, dass das nicht das Ende der Fahnenstange war. Am Tag danach war der Ministerpräsident mit seiner Entourage auf und davon. Wir hörten erst wieder etwas von ihm, als er Jahre später am Zaun des Kanzleramtes rüttelte und rief: Ich will hier rein! 1998 war es dann soweit, er wurde der siebte Bundeskanzler unserer Republik.

Der Regen verhinderte aber auch unsere Tennis Aktivitäten, sodass wir uns auf alle Autos verteilten und zum Shoppen in den Ort Limone fuhren. Früh am Morgen hatte ich schon Vitale Martinelli angerufen und ihn gebeten sich um meine Spieler zu kümmern, denn Vitale hat einen Klamottenladen und für mich gab's dann immer eine Menge Prozente, die er natürlich sicher schon vorher draufgeschlagen hatte. Es machte aber Spaß und damals zahlte man noch mit Lire, was mitunter lustige Summen beim Bezahlen ergab. Trotzdem, es war immer etwas Besonderes bei Vitale die neueste „Robe di Kappa"-Sportbekleidung zu erstehen, denn in Deutschland gab es die nicht zu kaufen. Fabian und ich nannten die Firma immer „Robe di Kakka".

Am Nachmittag trafen wir auf unsere italienischen fußballverrückten Freunde, die besonders mir im Laufe der Zeit mehr als ans Herz gewachsen waren. Das Spiel hatte unser Freund Claudio spontan arrangiert, denn er hatte die Macht über den Platz der Kommune Limone. Wir waren auch Fußballverrückte, aber gegen die Filigran-Kicker vom Gardasee waren wir machtlos.

Wenn ich heute an die zig Fahrten zum Gardasee, die vielen Freunde und die positiven Erinnerungen an die internationalen Tennisturniere um Mitternacht bei noch 30 Grad Celsius denke, hole ich manchmal meinen silbernen Erinnerungskoffer unter dem Bett hervor und schaue mir die Siegerfotos meiner drei Siege, die Fotos von den lieben Freunden und die vielen italienischen Vinyl Singles an. Und welch ein Glück: Als ich schon wieder den Deckel zuklappen wollte, hielt ich die Single **„TI AMERO"** in den Händen. Das Cover war natürlich schon leicht abgenutzt, aber kein Kratzer auf dem Vinyl. Das brachte mich auf eine Idee. Ich schmiss den Rechner an, startete iTunes und suchte den Song, denn ich würde dieses romantische Musikstück gern meiner Freundin Sandra vorspielen, wenn ich das nächste Mal wieder in meinem Düsseldorfer Asyl bin.

Street Art in Düsseldorf, Foto © Sandra Ehrler

Ich fand eine tolle zeitgemäße spanische Version von Miguel Bosé und beim Hören der spanischen Version von „**Ti Amero**", eben dem Song, den ich zum ersten Mal vor siebenunddreißig Jahren auf der Fahrt den Berg hinauf am Gardasee gehört hatte, liefen uns beiden kalte Schauer über den Rücken und auch eine kleine Träne stieg dabei in unsere Augen. Kein Wunder, denn der Song ist live zu hören und achttausend Stimmen singen den Refrain ganz allein:

Te amaré, te amaré, Como no esta permitido, Te, Te amaré, te amaré, Como nunca se ha sabido, Porque así lo he decidido, Te Amaré... (Text Miguel Bose)

Das macht Gänsehaut!

REINACHTEN

„Jessie"

Ein Sparwitz vorab: „Unterhalten sich zwei Schweine auf einem Bauernhof gemütlich beim Fressen, sagt das eine: „Habe gehört, dass der Bauer uns beide morgen zur Schlachtbank führen will." Sagt das andere: „Ach du immer mit Deinen Verschwörungstheorien."

Meine Tenniskids nannten mich alle liebevoll „Reini". Das stammt aus den Anfangsjahren der Endsiebziger und war eng verbunden mit meiner Rettung aus dem Büro, raus in die Sonne, hin zur roten Asche. Thomas verpasste mir den Nickname, eine gar nicht so ungewöhnliche Kurzform von Reinhard, und das geschah in einem Augenblick, als ich mal wieder vor Selbstmitleid vergehen wollte. Aus Reinhard wurde „Reini" und löste Billy ab. Den vermisse ich manchmal, aber gleichzeitig bin ich auch froh, mit „Reini" einen Schritt weiter gegangen zu sein im Leben.

Die Kids mochten meine lockere Art, mit ihnen umzugehen. Es wurde eine liebe Gewohnheit, dass ich die Kids mit dem Opel von „Ziehmutter" Monika einmal in der Woche direkt von der Schulbank abholte, um mit ihnen zu einem Jugendturnier zu fahren. Den Lehrern erzählte ich Woche für Woche immer eine andere Story, um sie früher aus dem Unterricht zu holen. Zur Sicherheit hatte ich einen Legitimationsbrief der diversen Eltern in der Tasche. Die schönste Ausrede war, sie müssten für mich, weil ich angeblich am Nachmittag heiraten würde, mit ihren Rackets ein Spalier bilden. Die Kids, wie auch ich, hatten immer viel Sinn für Unsinn.

Wir waren also im Sommer gemeinsam „On the Road" und hörten meine Kassetten mit Musik, die die Kids vorher noch nie gehört hatten. Es gab einen Sommer, da war ich ganz verliebt in Carly Simon`s Song **„Jessie"**. Der wurde dann gefühlte hundert Mal wieder zurückgespult, bis am Ende der Fahrt nur noch Bandsalat vorhanden war...*Oh mother, say a prayer for me, Jesse's back in town, it won't be easy, Don't let him near me, Don't let him touch me, Don't let him please me...* (Text: Carly Simon)

Ein üppiges Schnitzel mit Pommes für jeden in einer der damals noch an jeder Kreuzung befindlichen Imbissbuden war ihre und auch meine bevorzugte Sportlernahrung vor den Spielen. Es bereitete mir große Freude sie einzuladen und es sollte nicht unerwähnt bleiben, dass die Jungs nach dem Essen so richtig auf die gelbe Murmel hauen konnten. Mein Team eilte mit mir an ihrer Seite viele Jahre von Sieg zu Sieg. Sie wurden dadurch freier, mutiger und auch ich lernte viel von dieser Generation, die so anders war, als wir früher. Sie sagen mir heute noch, dass ich extrem großzügig gewesen sein soll. Mal abgesehen von vielen kostenlosen zusätzlichen Trainingseinheiten, die das Team und mich noch mehr zusammenschweißten.

119

Auch schwärmten sie von meiner besonderen Art des Coachings. Original Zitat von Fabi: „Er analysierte, lachte, analysierte wieder, lachte über sich selbst, wenn die Tipps etwas unter der Gürtellinie lagen, aber am Ende lag er meistens richtig." Ich hatte jetzt meinen Weg gefunden, selbstbestimmt zu leben und dabei jeden Tag bewusst zu erleben.

Neben meiner Zeit schenkte ich ihnen auch Musik, anfangs Platten, Singles oder LPs, dann Kassetten, später auch CDs. Egal wie gut ich die Platte selber fand, zeigte jemand Interesse an einem Song oder einem Interpreten, drückte ich ihm oder ihr mit einem breiten Grinsen den Tonträger in die Hand.

Als ich mal wieder mit Fabi in der „Jetztzeit" telefonierte, kamen wir beide auf das Thema Musik zu sprechen, und er erzählte mir etwas, woran ich mich nicht mehr erinnern konnte: Meinem Vorbild folgend hatte sich Fabian angewöhnt, sich ab und an einen kleinen Vorschuss auf seinen Tennistrainerlohn auszahlen zu lassen. Das Geld wurde dann umgehend in die neueste Musik investiert. Eines Tages begegnete ich ihm beim Verlassen unseres Record-Shops. Ich musste wohl kurz vor ihm in die Stadt gefahren sein. Ich kam raus, Fabi wollte gerade rein. Wir lachten, tauschten kurz unsere gesuchten Interpreten aus, und als er mir sagte, dass auch er auf der Suche nach Claudio Baglioni's **„Avrai"** war, öffnete ich meine Plastiktüte und drückte ihm die gerade gekaufte Single in die Hand. Auch machte ich den jungen Freund noch darauf aufmerksam, dass er sich unbedingt auch die B-Seite, mit **„Strada Facendo"** anhören sollte.

Fabian und ich kamen zu dem Schluss, dass meine Liebe zur Musik nur von meinem Wunsch übertroffen wurde, anderen damit eine Freude zu machen. „Alter Schwede" – und Zack, aufgelegt.

Monate nach dem Telefonat trafen wir uns auf der Straße zufällig wieder und gingen ein paar Meter gemeinsam. Wir freuten uns sehr, uns zu sehen, und machten sofort wie üblich ein paar obszöne Sprüche, die lachend vorgetragen wurden und so eine Art von „dummer" Männlichkeit darstellen.

Dann knüpfte mein Freund noch einmal an das vor Monaten geführte Telefonat an. Weihnachten stand vor der Tür und er fragte mich, ob ich mich noch an „Reinachten" erinnern konnte? „Klar doch", sagte ich „aber erzähl doch mal, denn das ist ja eine Ewigkeit her." „Du hattest immer schon ein Gespür für Mode", fing er an, „und es gab Zeiten, da hast du sicher so viel Geld für Kleidung ausgegeben wie für deine exorbitante Musiksammlung." „Das Geld in die Altersvorsorge zu stecken", antwortete ich, „wäre sinnvoller gewesen." Aber auf den Trichter bin ich erst viele Jahre später gekommen, da war es fast schon zu spät. „Wie wahr", sagte Fabian und erzählte weiter.

„Ich habe mal früher mit einem Freund deine Wohnung neu gestrichen. Das war hart, denn wir mussten dafür deine damals gut 8.000 Platten umfassende Sammlung von einem Raum in den nächsten tragen. Ich weiß also, wovon ich rede." Eine Vinyl-Sammlung kann übrigens auch eine Art Altersvorsorge sein, wenn sie nicht gerade vom Finanzamt weg gepfändet worden wäre.

Fabi erzählte weiter: „Deine große Kleidersammlung umfasste sowohl Freizeitmode als auch Businessware, und alles war vorhanden im Überfluss. Hemden, Hosen, Saccos, Westen, T-Shirts, Anzüge, Turnschuhe, Slipper, Lederschuhe, alles, was es zu kaufen gab, schlicht alles, was das Herz begehrt. Ich war mir nie sicher, ob du das auch alles je getragen hat, aber es hätte sicher so manchen Film- oder Theaterfundus in den Schatten gestellt." Beide mussten wir an einer Fußgängerampel stehen bleiben und ich fragte ihn, wie das jetzt noch mal genau war mit „Reinachten"?

Erinnern konnte ich mich nur daran, dass ich in einem Jahr den Weihnachtsmann spielte und zu allen nach Hause fuhr, um meine selbst produzierte Musikkassette als Weihnachtsgeschenk zu überreichen. Ich fing um zwei Uhr am Heiligen Abend mit meiner Tour an und war so gegen zwanzig Uhr wieder zu Hause. Heiligabend verbrachte ich lange Jahre alleine. Das sollte wohl so meine Art der Selbstbestrafung sein, dafür dass ich mich nicht mit Ruhm bekleckert hatte und das Leben zweier Menschen in die falsche Richtung gelenkt hatte.

An den „Reinachtsmann" konnte sich Fabi noch gut erinnern und fuhr mit seiner Erzählung, als die Ampel von Rot auf Grün sprang, fort. „Regelmäßig vor Weihnachten hast du für deine Jungs Kartons gepackt, ähnlich den Care-Paketen, die die Amis Ende des Zweiten Weltkriegs nach Europa schickten. Nur war in deinen

Paketen kein Essen, sondern eine Zusammenstellung der besten Klamotten, die man sich als junger Bursche vorstellen konnte. Die ersten Saccos – mal abgesehen von meinem Konfirmationsanzug – die ich getragen habe, waren von Dir, dazu passende Lederschuhe einer Marke, die ich mir nie hätte leisten können. Und wir glaubten damals wirklich, dass du neuen Platz in deinem Kleiderschrank brauchtest. Dabei wolltest du uns vor allem eine Freude machen, das war uns schon auch irgendwie klar. Viele von uns haben sich ehrlich gesagt mehr auf deine Pakete gefreut als auf die sonstigen Geschenke, die damals so unter dem Christbaum lagen. Reinachten war deine ganz eigene Art der Bescherung. Noch mal danke dafür, Reini!"

Jetzt war es Zeit, Fabian reinen Wein einzuschenken und ihm zu sagen, dass ich mir damals mit all meinen Wohltaten einfach nur die Liebe, Zuneigung und den Respekt der Jungs erkaufen wollte. Das war so typisch für Menschen mit einem Mangel an Selbstwertgefühl.

„Ich war regelrecht süchtig danach, gemocht zu werden, und versuchte mir deshalb Eure Freundschaft und Zuneigung zu erschenken. Nicht ahnend, dass ich das gar nicht nötig gehabt hätte, denn ich wäre auch ohne Geschenke von Euch bewundert und akzeptiert worden."

MONSIEUR AUBERT UND DER PUNK

„Ça plane pour moi"

An einem austauschbaren Samstag, es war Sommer und wir befinden uns im Jahr 1978. Ich war in meiner Straße und dem Ort wohnen geblieben. Die einzige Veränderung: Ich zog ein Stockwerk höher – ganz nach oben, was ich aber nicht als Aufstieg ansah. Ich war jetzt näher an meiner Dachantenne, irgendwie war es jetzt mein „Musik-Dach zur Welt". Jetzt mit fast Dreißig erfüllte ich mir jetzt endlich einen Traum. Ein eigenes Musikzimmer, Boxen in allen Zimmern, richtige Plattenregale und im Wohn- und Musikzimmer einen Dual-Plattenspieler.

Also an diesem Samstag, es war kurz vor neun, klingelten Thomas und sein neues Girl bei mir Sturm. So was wie eine Sprechanlage gab es im Haus noch nicht, sodass ich nach unten rufen musste: „Keine Panik auf der Titanic". Mir gefiel Udos Spruch. Er brachte vieles auf den Punkt. Ich nahm, während ich notdürftig die Klamotten überwarf, zwei Stufen auf einmal und sang zusätzlich noch für jeden der Mitbewohner unüberhörbar den Refrain von: **„White Room"** von Cream: *In the white room with black curtains near the station, Black roof country, no gold pavements, tired starlings...* (Text: Peter Constantine Brown)

Unverletzt unten angekommen, heute mit Port in der Brust und Lungenkrebs undenkbar, freuten wir uns wie die Schneekönige über unser Wiedersehen und liefen lachend und feixend die wunderschöne Straße hinauf, in der ich das Glück hatte zu wohnen. Die Villen links und rechts waren eine schöner als die andere. Etwa auf halber Höhe der Straße gab es ein verwunschenes Gehöft, verborgen hinter großen grünen Eisentoren, das sicher über die Jahrhunderte hinweg viele Geheimnisse verbarg. „Ach Quatsch", sagte Thomas, „da sind die Pferde der Pudding-Familie untergebracht." Schließlich hieß unsere Stadt auch „Puddingtown".

Es war von da an nicht mehr weit zu unserem Ziel der „J.-J. Auberts Sprachschule". Die Zeit reichte noch, um uns kurz über einen Spiegelbericht mit dem Thema „Punk" zu unterhalten, den ich am Tag zuvor zufällig gelesen hatte. Ihre Meinung wollte ich hören, denn ich war schon von jeher mehr für die „Außenseiter" der Gesellschaft und mein lieber Freund Thomas von Haus aus eher dem Bürgertum zuzurechnen. Natürlich lasen beide das Magazin, aber zum Thema Punk hatten sie noch keine Meinung. „Okay", sagte ich, „dann lauf ich schnell zurück, hole das Heft und wir reden in einer Pause noch mal darüber." Ich lief schnell zurück und holte die beiden in Windeseile wieder ein, den Spiegel in der Hand und etwas außer Atem. Gerade rechtzeitig, denn sie standen schon vor dem Haus mit der Nr. 64, das unser Ziel war. Ein glänzendes Gelbguss-Messingschild auf dem unter dem Namen „J.-J. Aubert" noch „École française" stand. Das Schild reflektierte die Sonne als hunderte wunderschöne Lichtpunkte und zeigte uns, dass wir hier richtig waren.

Was machten wir drei vor einer französischen Sprachschule, wo zumindest ich noch nicht einmal richtig Deutsch konnte, geschweige denn Englisch? Das ging mir so durch den Kopf, als Ulrike auf den Klingelknopf drückte. „Eigentlich sollte ich mich um mein angelsächsisches Sprachproblem kümmern", murmelte ich leise vor mich hin.

Thomas erinnert sich besser an unsere gemeinsame Zeit damals. Meinem Wunsch entsprechend hat er mir neulich in einer E-Mail seine Sicht der damaligen Dinge zusammengeschrieben, wer wir zu der Zeit waren, was wir wie taten und was uns überhaupt so um- und antrieb. Ich war gespannt, als ich seine Nachricht in meinem Postfach sah und fing an zu lesen:

„Wir verbrachten zu der Zeit zusammen nicht nur viele Stunden auf dem Tennisplatz, nicht nur als Spieler, sondern auch als Tennistrainer, auch außerhalb der roten Asche verabredeten wir uns regelmäßig. Wir waren auf alle neuen Dinge extrem neugierig. An erster Stelle standen in der Zeit natürlich die Mädchen. Die Möglichkeiten des Kennenlernens waren als Tennistrainer sehr einfach - wir spielten gut, hatten Humor, waren nett und sahen umwerfend aus. Parallel zu meiner Ausbildung als Groß- und Außenhandelskaufmann arbeitete ich mit Reini im Club als Trainer, meist am späten Nachmittag beziehungsweise abends. An den

Wochenenden spielten wir in einem Tennis-Team oder vertrieben uns anderweitig die Zeit; eine Super-Zeit!!! Na ja, bis auf die Momente, wo Reini mich immer am Samstagnachmittag regelrecht zwang mit ihm in seiner Wohnung die DDR-Oberliga im Fußball zu schauen. Er verfügte als einziger in unserer Stadt über eine Dachantenne mit Rotor. Da er bis zu seinem siebten Lebensjahr im Osten des damals geteilten Deutschlands lebte, konnte ich die Sehnsucht ja auch irgendwie verstehen. Wenn ich mir dann aber so Partien wie zum Beispiel „FC Vorwärts Frankfurt/O." gegen „Chemie Leipzig" reinziehen sollte, hatte ich schnell was anderes vor, ergriff die Flucht und schaute mir Bundesliga-Fußball bei mir zu Hause an. Bei uns hieß in diesem Sommer übrigens eine Partie" FCK" gegen „Bayern". Kaiserslautern gewann 5:0!

Sprachkenntnisse wären in meiner zukünftigen Ausbildung mehr als nur von Vorteil. Englisch war kein Problem, aber Französisch konnte ich überhaupt nicht. Ich erzählte Reini von dem eventuell aufkommenden Problem. Er dachte kurz nach und sagte, dass er eine Lösung hat. In der Nähe seiner Wohnung lebte ein Monsieur Aubert. Er war Privatlehrer für Französisch und unterrichtete in seiner Wohnung. Ich jubelte und war froh, dass Reini so eine einfache Lösung für mich gefunden hatte. Herr Aubert war gut beschäftigt und sagte mir am Telefon, dass er mir nur den Samstag für den Sprachunterricht anbieten könne. Wir wurden uns schnell einig. Die Tennisturniere waren vorbei, also konnte ich zusagen. Aber ein Problem kam dann doch auf! Mein Freund Reini und meine damalige Freundin fanden es überhaupt nicht lustig, dass ich für sie ab sofort samstags keine Zeit mehr haben sollte. Was konnte ich tun? Mir lag viel an meiner neuen Freundin und an Reini sowieso. Die Idee war: Warum sollten sie nicht mitmachen beim Sprachunterricht, Französisch konnten sie auch nicht; also drei Anfänger - und als Gruppe macht es eh mehr Spaß. Sie waren begeistert, „endlich mal etwas Sinnvolles machen". "

Ende der E-Mail und zurück ins Jahr `78: Aufgeregt drückten wir die Tür auf. Nachdem der Summer ertönte, stiegen wir leicht nervös die Treppen hinauf. Die Tür ging auf und Jean-Jacques Aubert öffnete persönlich und ließ uns hinein, natürlich nicht ohne „Bon jour" zu sagen. In der Wohnung war alles etwas verplüscht und dunkel, französisch eben, aber der Hausherr war nett und nahm uns die Scheu, indem er uns auf Deutsch sagte, dass wir erst einmal gemeinsam mit seiner Frau und seiner Tochter französisch frühstücken würden. Dies sollte der einzige und letzte Satz auf Deutsch sein, den wir vom ihm hörten, was für mich einer Katastrophe gleichkam. Wir wurden in die Küche geführt und da saß schon Madame Aubert, deren Vornamen wir nie erfahren sollten. Sie war mit ihren geschätzten 50 Jahresringen eine immer noch gut aussehende Französin und begrüßte uns mit „Bonjour à tous". Ihr gegenüber saß die Tochter, keine 18 Jahre alt, hörte auf den Namen Veronique und war für uns ab jetzt Mademoiselle Veronique.

Die Tochter hatte unübersehbar den Punk im Gesicht, im Kopf und auf der Kleidung. Sie trug den typischen Look, der den Jugendlichen wie aus der Seele geschneidert war und ihre Eltern sichtlich verschreckte. Zusammengefasst: Sie trug zerfetzte Klamotten – so wie die Jungen heute auch wieder –, die notdürftig mit großen Sicherheitsnadeln verziert waren. Die gefärbten grünen Haare und die Springerstiefel taten ihr übriges.

Als alle nun am Frühstückstisch saßen, begann das Sprachtraining mit Sätzen wie: „Comment dites-vous à la tasse de café?" „Bol", sagte ich todesmutig und wie aus der Pistole geschossen, denn das ist die Tasse, aus der Café au Lait getrunken wird. Also ist es die französische Kaffeeschale schlechthin. Das hatte ich mal irgendwo gehört. Thomas sagte nur: „Du Streber!", was auf Französisch wohl „bosser" bedeutet. Kein Deutsch bitte, ermahnte und Monsieur Aubert. „Jean-Jacques" Aubert erklärte uns dann in seiner Sprache, was ein richtiges Croissant ausmacht: „Le croissant, le globe ou même le sommet, est une pâtisserie française à base de pâte feuilletée légèrement sucrée et contenant des œufs. Les bons croissants ont une croûte terne, délicate, cramoisie et une miette feuillue." Wir alle verstanden nur Croissant.
Madame Aubert sprach: „Trempettez votre croissant dans le café seulement alors vous êtes un Français" zu uns und wir sahen zu, wie sie ihr Gebäck in die Kaffeetasse tunkte und dabei verschmitzt lachte. Ja, das war die Lernmethode der Familie und der Satz geht mir

heute noch locker über die Lippen. Schweigend tunkten wir unser Hörnchen in die Kaffeeschale und senkten dabei unser Haupt, um keine Angriffsfläche für eine Frage zu bieten, während Madame Aubert in ihrer Vogue las und vor sich hin lächelte. Was für eine Frau! Veronique sagte uns auch in ihrer Sprache, als wir uns aufmachten Monsieur Aubert in den Unterrichtsraum zu folgen: „Ne t'inquiète pas, c'est toujours le cas dans la première leçon." Nein wir hatten keine Angst!

Wir bekamen sofort unsere Bücher und dann ging es direkt los mit dem Sprechen. Als wir gerade damit beschäftigt waren, zu erklären, wie wir heißen, wer wir sind und so weiter, dröhnte ohrenbetäubend aus einem anderen Zimmer der Wohnung ein französischer Punk-Song. Es war **„Ça plane pour moi"** von dem Sänger „Plastic Bertrand". Das konnte ja nur aus Veroniques Zimmer kommen. Papa Aubert rief wutentbrannt: „S'il te plaît, baissez cette musique terrible!" Als die Bitte nicht fruchtete, drehte Mama Aubert, die Frau ohne Vornamen, das Radio in der Küche lauter und jetzt kämpfte Françoise Hardy, die für Mick Jagger die schönste Frau der Welt war, mit ihrem 60er Jahre Hit: **„Tous les garcons et les filles"** gegen Plastic Bertrand. Während sich also Papa, Mama und Tochter in einer Familienfehde befanden, die sie durch Bedienung ihrer Lautstärkeregler austrugen, und so unverhofft eine Unterrichtspause entstand, las ich Thomas und seiner Freundin den Spiegelartikel zum Thema Punk vor. Passte ja irgendwie zur Situation.

In der Spiegelausgabe vom 23.01.1978 stand sinngemäß / Punk: Nadel im Ohr, Klinge am Hals: Hässlich geschminkte Jugendliche tragen in Müll-Klamotten, mit Nazi-Insignien und Hundeketten Protest gegen Arbeitslosigkeit und Langeweile zur Schau.

Ihr primitiver „Punk-Rock" wird von Plattenfirmen erfolgreich vermarktet.

Was ist Punk, woher der Name? Punk ist ursprünglich eine Slang Bezeichnung für schimmeliges, altbackenes Brot. Noch bevor die legendäre Punk-Band die Sex Pistols eine einzige Langspielplatte veröffentlicht hatte, waren sie die meistdiskutierte Band im Musikgeschäft. Während des ganzen Jahres 1977 berichteten die großen englischen Pop-Blätter in beinahe jeder Ausgabe über die Schocks und Skandale des Quartetts. Doch als dann endlich, nach drei vorausgegangenen Singles, Ende Oktober die erste Pistols-LP „Never Mind the Bollocks" von Virgin Records ausgeliefert wurde, führte der Rotten-Rock nach drei Tagen mit 100 000 verkauften Exemplaren die britische Hitparade an.

In der ganzen Geschichte des Rock 'n' Roll, schrieb die US-Postille "Rolling Stone", habe es keine derart seltsame Erfolgsgeschichte gegeben, und Johnny Rotten sei „der wahrscheinlich fesselndste Rock-Interpret, den ich jemals gesehen habe".

Durch den Punk-Rock ist die Popmusik aus den sechziger Jahren über Nacht alt geworden. Durch Punk ist der Rock 'n' Roll wieder auf die Straße und zur schönen Primitivität seiner Anfangsjahre zurückgekehrt.

German Punk - Campino goes to Karneval 2018, Düsseldorf,
Foto © Sandra Ehrler

Ich legte das Magazin weg und schon kam der Boss zurück, der in der Zwischenzeit die Mädels beruhigt hatte. Er machte mit uns weiter und ein Höhepunkt jeder der darauffolgenden Unterrichtsstunden war ein Rollenspiel mit dem Titel „Ménage à trois", in dem wir frei von der Leber weg über unsere gespielte „Dreiecksbeziehung" sprechen sollten. Ich habe den französischen Kinofilm „Jules und Jim" von François Truffaut aus dem Jahr 1962 mit Oskar Werner, Henri Serre und der unglaublichen Jeanne Moreau ja immer abgöttisch verehrt. Aus diesem Film konnte ich viele Szenen spielen, aber jetzt musste ich, damit Thomas und Ulrike mich verstanden, eine neue Sprache erfinden. Meine Lösung war so eine Art „ALLEfrançais", irgend so ein Mischmasch aus Deutsch und Französisch. Sie fanden das zum Schießen und Aubert machte gute Miene zum bösen Spiel.

Eine Besonderheit der privaten Sprachschule war, mal abgesehen von den sehr hohen Gebühren, dass man einmal im Monat auf Exkursion ging. Dann führte uns Aubert in ein französisches Restaurant, in dem man nur in der Landessprache bestellen konnte. Eine andere Besonderheit war, dass es seinem Bruder Henri gehörte. Es hieß natürlich, wie sollte es auch anders sein, „Chez Henri". Als wir das erfuhren, wurde unter uns Sprachschülern sofort gewitzelt, ob es denn jetzt schon eine französische Mafia in unserer Stadt gäbe. Trotzdem bestellten wir brav, was wir am Abend zuvor gemeinsam auswendig gelernt hatten. Wenn man Pech hatte, bekam man nicht das, was man glaubte bestellt zu haben. Es waren schöne Abende, die Familie war komplett mit von der Partie und mit meinem von mir erfundenen „ALLEfrançais" hielt ich die Familie, das Restaurant mit den anderen Gästen und meine Freunde bei Laune.

Zum Abschluss brachte der von uns zunehmend genervte „Serveur" Pascal für alle Espresso und wir waren glücklich und zufrieden. Wir freuten uns beim Adieu sagen schon auf die nächste Exkursion. Die sollte dann auch ganz schnell wahr werden – aber anders als ich es mir je zu erträumen gewagt hätte.

Es war wieder so ein austauschbarer Samstag, als ich vom Dauerbrummen meiner Klingel im Flur geweckt wurde. Ich sprang schnell aus dem Bett und wusste erst gar nicht, was nun schon wieder los war. Im Nachhinein kommt es mir wie eine Vorschau auf den viele Jahre später gedrehten Film „Und ewig grüßt das Murmeltier" vor. Da erlebte „Bill Murray" ein und denselben Tag immer wieder von vorn. Immer, wenn der Wecker auf 06:00 springt, wird er mit **„I got You Babe"** von „Sony & Cher" geweckt. Auch ich ahnte bald, wie es nach dem Klingeln weitergehen sollte. Ich öffnete wie immer meine Wohnungstür, die voll aus Eisen bestand und mir Sicherheit vor Einbrechern gab und rief nach unten: „Was gibt es, es ist Samstagabend und ich bin müde und schlafe eigentlich schon. Wer ist da überhaupt, blaffte ich ungehalten hinterher?" „Wir sind`s, Thomas und Ulrike, wir wollten dich nur abholen, denn wir fahren heute mit dem Nachtzug nach

Paris", riefen sie, "hast du das denn vergessen? Wir fahren mit Monsieur Aubert, Frau und Tochter heute nach Paris." „Okay, kommt kurz hoch", rief ich zurück, „erzählt mir alles noch einmal in Ruhe." Hastig sprang ich in meine Sachen, packte notdürftig eine kleine Reisetasche von „Fila" und hörte den beiden zu. Sie sagten, das sei doch unsere Abschlussprüfung: morgens in Paris ankommen und bis zum Abend ganz auf uns allein gestellt sein. „Das kannst du doch nicht allen Ernstes vergessen haben, Reini?"

Na toll, dachte ich, wie sollte ich meiner Bettgenossin, die noch fest schlief, nun das wieder erklären. Am Abend zuvor hatte ich Glück, dass sie nicht der anderen im Flur begegnet ist. Das war mal wieder echt knapp. Ich schrieb kurz eine Notiz und die endete mit: „Zieh, wenn du gehst, die Tür bitte hinter dir zu."

Gemeinsam trollten wir uns Richtung Hauseingang, wo bereits in einem Taxi die „schrecklich nette Familie Aubert" wartete. Wer jetzt glaubt, es geht mit dem Taxi nach Paris, der hat Pech, denn in den Genuss ist der Autor schon im ersten Teil von „German Glückskind" gekommen.

Am Bahnhof angekommen. Kein Mensch war mehr auf den Bahnsteigen, denn die große Uhr in der Eingangshalle, die unter einer großen Leuchtreklame für Dr. Oetker hing, ging auf Mitternacht zu. Jetzt überreichte Jean-Jaques uns einen Briefumschlag, in dem sich neben den Fahrkarten auch die Prüfungsaufgaben befanden. Er erklärte uns, sie selbst würden diesen

Prüfungsausflug zum Erlangen unserer Zertifikate – ausgestellt vom damaligen französischen Ministerpräsidenten Valéry Giscard d'Estaing – nutzen, um zur Hochzeit ihres Sohnes „Charles" zu fahren. Der junge Mann war weit über 30 und stammt aus der ersten Ehe von Jean-Jaques, den wir übrigens ab sofort duzen durften.

Als es nun keine Fragen mehr gab, bestiegen wir den D 1242: Von Berlin über Bielefeld - Aachen - Liège-G.- Namur - Charleroi-Sud - bis hin zur Endstation Gare du Nord in Paris. Wer hat nicht schon einmal davon geträumt, in den sagenumwobenen Kopfbahnhof, des größten Europas, einzufahren. Unzählige Menschen aus allen Ländern der Welt kommen hier jeden Tag an, um die Stadt der Liebe zu besuchen und erkunden. Wir hatten ein Viererabteil und zu Thomas, Ulrike und mich gesellte sich noch Tochter Veronique, die vor zwei Tagen nun endlich 18 geworden war. Das bedeutete aber gleichzeitig auch, dass sie jetzt volljährig war und fortan, ohne zu fragen, die Musik so laut stellte, wie sie wollte. Wir sollten die nächsten Stunden noch viel Spaß mit ihr haben in Paris. Sie war die Jury und wir mussten sie, egal ob wir wollten, mitschleifen.

Gottseidank hatte sie ihren neuen Sony Walkman dabei, ein Geburtstagsgeschenk ihrer Mutter ohne Namen. Sie musste jetzt ihre Musik über einen Kopfhörer hören. Zum Glück, denn sie hörte natürlich in einer Endlosschleife **„Ça plane pour moi"**, was sie aber nicht daran hinderte, stundenlang für den ganzen Waggon gut hörbar mitzusingen. Und glaubt mir, sie konnte wirklich nicht gut singen. Irgendwann schläft aber jeder mal ein und so war es dann auch. Wir wurden vom Schaffner mit den Worten: „S'il vous plaît se lever, nous serons là", geweckt und er reichte uns dabei ein Tablett mit vier Bols, einer Flasche frischer Milch und vier duftenden Croissants. Dann fügte er noch hinzu: „Nous arrivons à Paris en 20 minutes." Das verstand ich.

Wir öffneten, wie vereinbart, nach dem Minifrühstück unsere Briefe und fanden darin einen kompletten Tagesplan mit Aufgaben. Die sollten wir versuchen allein zu lösen, und nur, wenn unser Leben in Gefahr war, durfte uns Veronique helfen. Aber wirklich nur dann. Die erste Aufgabe war einfach: Raus aus dem Bahnhof, die Straße überqueren und in das berühmte Bistro „Terminus Nord" gehen, einen Platz erbitten und von der Speisekarte ein komplettes Frühstück bestellen. Natürlich nur in der Landessprache und damit wir nicht mogeln konnten, passte die „niedliche" Veronique auf uns auf. Ulrike und ich schickten Thomas für den schwierigen Teil des Bestellens vor, denn der konnte sich inzwischen ganz passabel ausdrücken auf Französisch. Er hatte die Zeiten voll im Griff. Wir beschränkten uns auf „Merci", „Bonne journée" oder „Au revoir". Als der Kellner unsere Laufzettel abzeichnete und bei Thomas noch ein „très bien" hinzufügte, zahlte Veronique.
Wir schauten jetzt auf den Laufzettel, um unsere nächste Aufgabe entgegenzunehmen.

Währenddessen schmetterte unsere kleine Punkerin uns ihr „Wam! Bam und Hou! Hou! Hou! Hou" entgegen. Vielleicht wusste sie nicht, dass **„Ça plane pour moi"** von einem Belgier ist, der es auch noch selbst singt.

Okay, Schluss mit der Schlaumeierei und weiter zur nächsten Aufgabe, die darin bestand, sich ein Taxi zu ordern, um uns zum berühmten „Cimetière Père Lachaise" chauffieren lassen. Dort angekommen sollten wir das Grab von Jim Morrison, dem leider schon mit 27 Jahren verstorbenen Poeten und Leadsänger der „Doors", aufzusuchen. Dann sollten wir einen Pariser bitten, von jedem einzelnen und der Gruppe ein Foto zu schießen. Jeder sollte einen anderen Franzosen oder eine andere Französin ansprechen und um Hilfe bitten. Madame Aubert hätte zwar als Aufgabe lieber gesehen, dass Grab von Edith Piaf zu besuchen, aber die Tochter hatte sich mal wieder durchgesetzt. Jetzt ratet mal warum? Drogen? Das traf aber noch mehr auf die gute Edith zu.
Hier die Antwort auf die Frage, wie komme ich zum Grab von Jim Morrison? Um an sein recht unspektakuläres Grab zu gelangen, folgte man einfach den zahlreichen Jugendlichen mit zerrissenen Hosen und grell gefärbten Haaren oder hielt nach pilgernden Althippies Ausschau. Oder man ging einfach der Nase nach und steuerte nur die Haschisch-Wolken in der Ferne an. Wer noch nie da war, aber jetzt Lust bekommen hat, kann Morrisons Grab auch einfach im Netz

besuchen. Unter www.pere-lachaise.com wird ein virtueller Rundgang über den Friedhof angeboten.

Nachdem wir also ungewollt eine Nase genommen hatten, ließen wir uns von den Friedhofswärtern, die dafür sorgen sollten, dass vor allem die umliegenden Gräber keinen Schaden nahmen, unsere Laufzettel abzeichnen und nahmen die vorletzte Aufgabe in Angriff. Die lautete so: Nehmt Euch wieder ein Taxi und lasst Euch zum „Bois de Boulogne" fahren. Der Wald von Boulogne im Westen von Paris soll einer der größten Stadtparks der Welt sein und wir sollten zu Fuß den Weg zur berühmten „Pferderennbahn Longchamp" nehmen.

Gesagt, getan. Wir gingen vorbei am Botanischen Garten, streiften den Pariser Park-Strich, wo um die Nachmittagszeit aber wenig Verkehr zu sehen war. Im „Hippodrome de Longchamp" sollten wir im siebten Rennen jeder unterschiedlich wetten. Thomas sollte auf den Zossen „Grave Digger" ebenfalls 10 Franc auf Sieg setzen, Ulrike durfte eine 3er Wette für die Gäule „Zahnfee", „Racing Bull" und „Robocop" auch mit 10 Franc platzieren. Ich, der Jahrzehnte später mit meiner Freundin Sandra kein Galoprenntag in Düsseldorf Grafenberg auslassen sollte, hatte die 2er-Wette und platzierte mit der gleichen Summe „Flèche Rapide" auf Eins und auf Platz 2 „Hermes". Die Schlangen an den Kassenhäuschen waren lang, aber wir warteten geduldig bis wir an der Reihe waren. Wir genossen die einzigartige Atmosphäre eines Renntages auf einer besonderen Galoprennbahn.

Wir verfolgten das siebte Rennen auf der voll besetzten Tribüne - Veronique hatte sogar ein kleines Fernglas für uns dabei, da sie ja wusste, was so am Tag vorgesehen war - und fieberten aufgeregt und gespannt dem Ausgang des Rennens entgegen. Nur Thomas blieb ruhig und auch das hatte mal wieder einen Grund.

An einem der Renntage in Düsseldorf trafen Sandra und ich Thomas zufällig auf der Galopprennbahn. Er wusste, wer oder wer nicht und überhaupt. Woher hatte er sein Wissen gehabt? Er erzählte uns beiläufig, dass sein Großvater mal ein richtig guter Jockey war. Also muss er das irgendwie in seiner DNA haben.

Im Hippodrom in Paris sah man jetzt die Pferde die Zielgeraden hinauf galoppieren und wie sollte es auch anders sein, „Grave Digger" gewann vor „Flèche Rapide" und Dritter wurde ein Außenseiter namens „Billy". Thomas sackte mal schnell 210 Franc ein und Ulrike und ich staunten damals nicht schlecht.

Für die letzte Aufgabe sollten wir zu den gerade stattfindenden „French Open" hinüber gehen, da das „Stade Rolland Garros" nur einen Steinwurf entfernt war vom „Hippodrom Longchomp". Die finale Aufgabe war, zumal wir alle drei Tennisexperten waren, ein Autogramm von einem der Spieler oder Spielerinnen zu ergattern. Gerade gingen wir vier durch die Sperren am Eingang, kam uns die hübsche Katja Ebbinghaus nach ihrem Sieg in der ersten Runde entgegen.

„Ulrike", riefen wir, „das ist deine Chance." Ulrike ergriff sie, sodass für sie schon alles in trockenen Tüchern war. Wir Tennislehrer suchten uns erst einmal unseren Court, denn jeder hatte ein anderes Ticket. Thomas durfte das Halbfinal-Match zwischen Björn Borg und Corrado Barazutti sehen, dass der Schwede glatt in drei Sätzen gegen den Italiener gewann. Auch das am nächsten Tag stattfindende Finale sollte er klar für sich entscheiden. Für mich, den Cheftrainer vom Tennispark Bielefeld, blieb die Begegnung zwischen dem US-Amerikaner Dick Stockton und dem Argentinier Guillermo Vilas. Der Favorit Vilas verlor überraschend, aber er gab mir auf dem Weg vom Platz noch ein Autogramm auf meine Eintrittskarte. Thomas hatte kein Glück, aber er hatte ja als Trost den Eintrag „très bien" auf seinem Laufzettel aus dem Bistro gegenüber vom Gare du Nord.

Verabredet für die Rückreise fanden wir uns um 20 Uhr alle am Adidas-Stand ein und waren vollkommen platt von dem etwas anderen Sprachtraining in der Stadt der Liebe. Zum letzten Mal machten wir uns wieder mit einem Taxi auf den Weg zum „Gare du Nord". Als wir dann erschöpft unseren Zug erreichten und in den Schlafabteilen sofort ins Bett fielen, schliefen wir glücklich und zufrieden ein. Aber nicht ohne vorher noch schnell im Chor zu sagen: „Quel jour".

Wach wurde ich von einem heftigen Rütteln an meiner Schulter und ich sah überrascht in das ernste Gesicht meines Freundes Thomas. Er stand an meinem Bett in meiner Wohnung und mahnte mich fast ungehalten, aufzustehen: „Du hast verschlafen! Der Französischunterricht fängt gleich an, wir müssen Gas geben, steh' auf." Wie kam Freund Thomas in meine Wohnung? Hat mein Mädel ihn hereingelassen? Waren wir denn schon zurück aus Paris? „Was hast du denn geträumt", fragte er mich, „Du siehst so zufrieden und glücklich aus." So langsam ging mir auf, dass ich das mit Paris nur geträumt hatte, so schön und aufregend es auch war. „C'est la vie" dachte ich.

Epilog zur Episode

Thomas hatte ein paar Jahre später Karriere gemacht. Französisch brauchte er nicht, da in seinem Job nun Englisch und Italienisch gefragt waren. „Ach du Schande dachte ich, war die Plackerei am Samstag nun komplett für die Katz? Nicht ganz, denn es kommt immer im Leben der Zeitpunkt, an dem man auf Gelerntes zurückgreifen kann. Das Leben ging weiter, es war noch Sommer, die Tennisturniere nahmen wieder einen größeren Raum in unserer Freizeit ein, die Freundinnen wechselten auf beiden Seiten und wir Freunde konnten an unserer Freundschaft fürs Leben mit viel Lust und Liebe arbeiten.

Wir sagten nach der letzten Unterrichtsstunde zu Monsieur Aubert ganz artig und höflich: „Merci et au revoir"!"

Merci et au revoir!, Fotobearbeitung © Sandra Ehrler

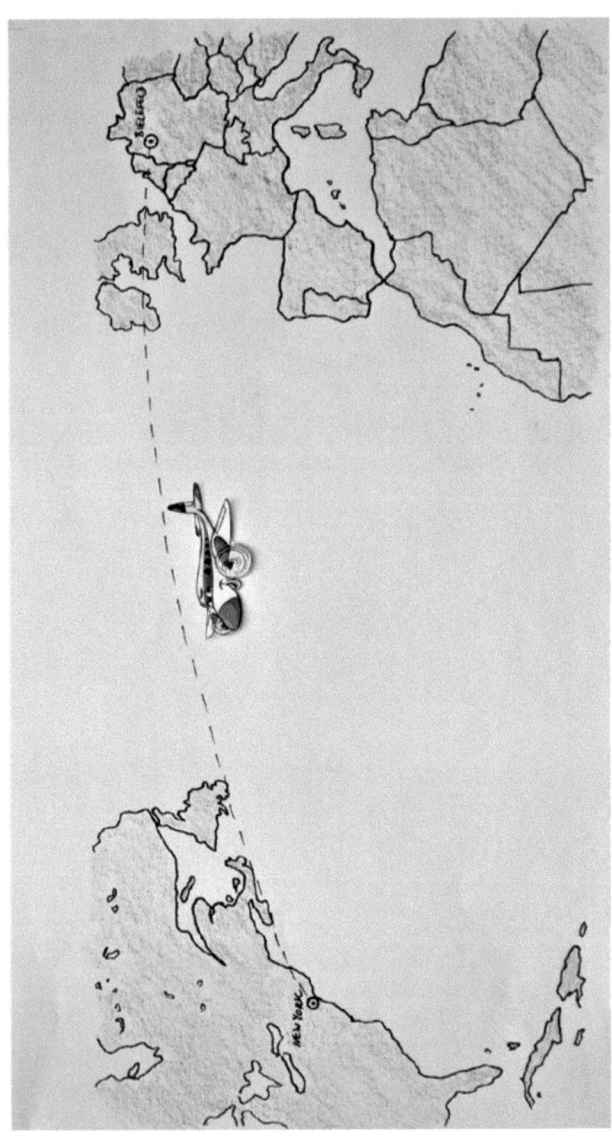

NEW YORK CITY (JINGLE BELLS)

„New York City"

Es war an einem Samstag im Oktober, 17 Jahre nach der Jahrtausendwende, und der Wetterbericht sagte voraus, dass es nun aber höchste Zeit für den goldenen Oktober sei. So kam es dann glücklicherweise auch. Ich saß wieder mal, wie schon die letzten 7 Jahre, zuerst im Bistro des ICE Richtung Düsseldorf, um zu meiner Freundin Sandra zu fahren, die glücklicherweise mitten in der Stadt und nur einen Steinwurf entfernt vom „Vater Rhein" wohnt. Sie lebt hier sogar, und war den Schweden wie immer einen Schritt voraus.

Wie in einem Kinofilm rasten die herbstlichen Landschaften mit ihren Städten, Wäldern, Flüssen und Dörfern an mir vorbei. Das flackernde Licht der Sonne, hervorgerufen durch das Tempo und die Lücken in den verschiedenen Landschaftsbildern sah aus, als ob 300 Fotografen gleichzeitig ihre Schnellauslöser betätigten, um 300 Fotos pro Minute mit grellem Blitz zu schießen. Ich musste mir die Augen reiben, um wieder klar durch meine Lesebrille sehen zu können, denn ich brachte gerade mal wieder meine mir im Kopf herumspukenden Gedanken zu Papier. Der kleine Schreibblock war schon zur Hälfte gefüllt und ich wollte vermeiden, dass der Spuk im Kopf nicht in Vergessenheit gerät. Sonst hätte ich später weniger zu erzählen.

Jeder kennt das mit den Tagträumen. Oder besser gesagt: Es sind ja eigentlich Gedankenreisen, die man da unternimmt. Aber mir kam es so vor, als ob ich ständig an verschiedenen Orten diese Reisen unternahm, um ja genügend Schreibstoff als „Autor meines Lebens" zu besitzen. Andererseits könnte es aber auch sein, dass der Krebs mich unentwegt aufforderte, ALLES zu berichten – solange es noch Zeit ist. Noch wahrscheinlicher aber ist, dass meine Widerstandskräfte von Tag zu Tag stärker werden und ich dadurch eine Menge Kraft hinzugewinne, um das Monster in mir auszurotten.

Ich sah mich, ganz so als stünde ich vor einem Spiegel, noch klarer als sonst. Und ich jubelte mir angesichts der Aussage meines Profs im Jahr 2017 immer noch verhalten zu: „Die Therapie schlägt an". Im Spiegelbild sah ich mich im Jahr 1985 an einem Wintertag, vier Jahre nach dem tragischen Tod von John Lennon, vor einer Fußgängerampel in „New York City" stehen. Die Ampel zeigte noch die rote Hand und ich wartete auf das Aufleuchten des weißen Signals zum Überqueren des Zebrastreifens. Die New Yorker allerdings taten das nicht, die überqueren auch bei Rot die Straße. Ich war als Tourist geoutet.

Als ich verstohlen meine Pudelmütze noch tiefer in mein Gesicht zog, sah und hörte ich trotz des Straßenlärms, dem nervigen Gehupe und den Big Apple-typischen Emergency-Sirenen auf der anderen Straßenseite eine Schulklasse von 20 bezaubernden schwarzen Schulkindern freudig **„Jingle Bells"** singen. Die Klassenlehrerin ganz vorn am Rand des Bürgersteiges hielt das erste Kind an der linken Hand – alle anderen standen in einer Reihe und hielten sich mit roten Wollhandschuhen an den Händen. Ein tolles Erlebnis für meine Augen und Ohren, die lange und singende weiß-rote Kette.

Die Ampel war immer noch rot und gab mir Zeit die Klasse und ihren Gesang von der anderen Straßenseite genauer in Augenschein zu nehmen. Die Mädchen sahen so glücklich aus und sangen den Refrain…. *Jingle bells, jingle bells, jingle all the way, Oh, what fun it is to ride in a one horse open sleigh…* (Text: James Lord Pierpont) immer wieder aufs Neue. Mir kam es so vor, als ob sie diesen Augenblick nur für mich festhalten wollten. Das ist ihnen gelungen, denn noch heute schwärme ich von der Begegnung mit ihnen, mitten in Manhattan.

Plötzlich hörten sie aber abrupt auf zu singen und zeigten ganz aufgeregt mit den kleinen roten Händen hinauf zum Himmel. Mein Blick folgte dem Fingerzeig der vielen roten Händchen und ich sah, wie es aus heiterem Himmel - und das sage ich jetzt nicht nur so dahin, so war es wirklich - Schneeflocken so groß wie Tischtennisbälle auf die Mega-City hinabfielen. Bevor sie unsere Köpfe und dann auch den Boden erreichten, sprang die Ampel endlich um und das weiße Männchen sagte „Walk".

Als wir uns in der Mitte der Straße trafen, lächelte die Lehrerin mich an. Sie hatte wohl gesehen, dass ich sie und ihre Schulklasse mit großer Freude beobachtet hatte. Jetzt aber erreichten uns die Mega-Schneeflocken, die langsam aus dem New Yorker Himmel gen Boden fielen. Okay, ein ehrliches Wort: Ob sie wirklich so groß waren wie Ping-Pong Bälle, weiß ich heute leider nicht mehr. Es mag schon sein, dass sie in den letzten Jahrzehnten von Erzählung zu Erzählung immer noch etwas „bigger" geworden sind. Aber außergewöhnlich groß waren sie auf jeden Fall, das Bild hatte sich bei mir für immer eingebrannt.

Jedenfalls waren die Kinder nun auf der anderen Straßenseite angekommen und lösten plötzlich mit dem immer dichter werdenden Schneefall ihre Reihe auf. Danach fingen sie an, wie wild durcheinander hochzuspringen, und versuchten, die dicken Flocken noch vor dem Erreichen des Asphaltes in der Luft zu fangen. Während sie das taten, hörte man aus einem „Yellow Cab", das jetzt vor der roten Ampel zum Stehen kam, den Song **"Dancing in the Streets"** von „Martha & the Vandellas aus dem Jahr 1964, hier aber in einer Coverversion von David Bowie & Mick Jagger". Was für ein Glücksmoment.

„Wovon haben Sie denn gerade geträumt?" Mit diesem Satz riss mich meine Sitznachbarin aus meinen weit zurückliegenden Erinnerungen. Diese Gedanken an New York anno 1985 hatten offenbar ein Lächeln auf mein Gesicht gezaubert. „Ach", sagte ich, „das ist wie immer eine lange Geschichte."

Der Schaffner kam, ich zeigte ihm mein Ticket mit der Bahnkarte. Er knipste wortlos die Fahrkarte ab und verschwand durch den Übergang in den nächsten Waggon. Der Zug hatte mal wieder fast eine Stunde Verspätung, wie eine unglaublich laute Stimme über den Bord-Lautsprecher verkündete. Ich aß den letzten Bissen meines Essens, trank den Rest des Kaffees aus, bezahlte und suchte mir einen Platz im Waggon vor dem Speisewagen. Hier konnte ich die Füße ausstrecken, hatte einen Tisch zum Schreiben und ergatterte immer einen Platz am Fenster.

Als ich mich so langsam auf meinem Platz eingerichtet hatte und ich noch mal so über die Zeit meiner ersten New York Reise nachdachte, wollte ich mich unbedingt noch einmal an den Besuch des „John Lennon Memorial" im Central Park nahe dem berühmten „Dakota Buildings" erinnern. Vor dem Eingang dieses Appartementhauses ist der „Ober-Beatle" 1980 von dem geistesgestörten „Mark David Chapman" erschossen worden. Und das angeblich nur, weil ihm die Unterschrift von John nicht gefallen hat. Zudem geschah der Mord genau dort, wo einige Jahre zuvor **„Rosemaries Baby"**, einer meiner Lieblingsfilme von „Roman Polanski" gedreht worden war. Und jetzt aufpassen: „Mia Farrow", „John Cassavetes", „Sidney Blackmer" und die unglaubliche „Ruth Gordon" waren brillant in diesem Horrorstreifen.

Der Schnee im Dezember 1985 war liegen geblieben und hatte die Stadt, den Park und den See mit „The Loeb Boathouse" in ein weißes Tuch gehüllt. So ähnlich mag es auch 31 Jahre später im New Yorker

Central Park ausgesehen haben. Allerdings war es da der Künstler Christo, der den Park verhüllt hat, indem er für 16 Tage ein glühend orangefarbenes Schmuckband um ihn herumlegte. Er nannte es „The Gates".

Reini im Central Park,
Fotobearbeitung © Sandra Ehrler

Ich sah mich in der Spiegelung des Sees, denn trotz des winterlichen Wetters war er noch nicht ganz zugefroren. Im weltberühmten Boathouse bekam jeder Tisch, drinnen wie auch auf der Terrasse, von den Kellnern ein weißes Kleid übergelegt und wurde mithilfe eines Maßbandes liebevoll aber akkurat eingedeckt, denn es war Zeit zum Lunch zu gehen, für die New Yorker wie auch für mich. Mein Freund Klaus, der mich in Ermangelung anderer Reisebegleiter großzügig zu dem Trip über den großen Teich eingeladen hatte, und ich speisten nun in diesem Restaurant, das für viele Amerikaner ein Sehnsuchtsort war – und der es bald auch für mich sein sollte.

Wir schauten den Enten zu, die wie bereits erwähnt, schon für „Holden Caufield", den Protagonisten vom „Fänger im Roggen", ein großes Thema waren, womit er nicht nur seine Schwester, seine Lehrer und verschiedene Taxifahrer fast um den Verstand brachte. „Ich wollte zu dem kleinen See gehen und nachsehen, was zum Teufel die Enten machten – ob sie überhaupt noch da waren. Ich wusste immer noch nicht, was im Winter aus ihnen wurde. Ich ging um den ganzen verdammten See herum – einmal wäre ich um ein Haar hineingefallen – aber ich sah keine einzige Ente." - Holden Caulfield nachts betrunken durch den Central Park irrend, irgendwo zwischen Kindheit und Erwachsenenwelt.
Also das Geheimnis mit den Enten, was vermutlich nicht nur Holden Caulfield, sondern eine ganze Generation von Jugendlichen in Amerika in den Wahnsinn trieb, ist für mich im Jahre 2017 nun endlich keines mehr! Das Buch „Oona und Salinger" von Frédéric Beigbeder hat für mich das Geheimnis gelüftet: Sie

überwintern ganz einfach am See im Central Park und sind wohl nicht unzufrieden mit ihrem Dasein, so wie auch ich damals und heute mit meinem Leben.

Es war ein riesiges Glück, in dieser frühen Zeit meines Lebens über den Ozean fliegen zu dürfen und hier an diesem Ort zu sitzen, zu speisen und den Enten zuzusehen. Gerne hätte ich auf Loeb's Terrasse noch etwas verweilt, aber dann wurde ich durch den Satz: „Hier noch jemand zugestiegen?" vom Zugbegleiter brutal ins „Hier und Jetzt" zurückgeholt.

Sonst war es heute ruhig im Zug, kein Lärm oder andere Dinge und so konnte ich mich wieder bequem in den Sitz zurückfallen lassen, die Augen schließen und versuchen, weiter auf Gedankenreise zu gehen...

Da war ich wieder zurück in New York im Jahr 1985, Klaus und ich an einem Tisch auf der Terrasse des „The Loeb Boathouse". Wir wärmten uns gerade an ein paar Strahlen der New Yorker Wintersonne, die sich durch die Wolken gekämpft hatte und aßen unser Dessert, das aus einem kleinen Schokotörtchen bestand und mit flüssiger Schokolade gefüllt war. Wir waren nur einen Steinwurf entfernt von den „Strawberry Fields", der Gedenkstätte für John Lennon im „New Yorker Central Park". Nach John Lennons Tod hatte Yoko Ono einen kleinen Bereich im Central Park gestaltet, der ihm gewidmet und bis heute nach seinem Lied **„Strawberry Fields Forever"** benannt ist.

„Jetzt wäre der richtige Zeitpunkt, den fünf Jahre alten Spiegel zu lesen", sagte ich zu Klaus, „den er mir von irgendwo her besorgt hatte." Er war beruflich weit vernetzt in der Republik und brauchte nur wenige Telefonate zum Aufstöbern des Magazins.

Also fing ich an, ohne seine Antwort abzuwarten, den Artikel „John Lennon - Tod eines Epochen-Idols" aus dem Spiegel 51. Woche 1980 zu lesen: New York ließ halbmast flaggen: für den Beatle John Lennon. Mit John Lennon starb mehr als ein Popstar: eine Leitfigur der jugendbewegt-rebellischen 60 er Jahre.
Der Lennon-Fan Mark David Chapman aus Honolulu, 25, schoss den Beatle, der schon so lange kein Beatle mehr sein wollte, vor seiner Wohnung in New York nieder und zerstörte die Familienidylle, in die sich Lennon mit Yoko Ono, 47, und seinem Sohn Sean, 5, Jahr um Jahr tiefer eingeigelt hatte.
Mochten die Beatles als Gruppe auch längst nicht mehr bestanden haben -- die Menschenmenge, die sich noch in der Mordnacht singend und betend am Tatort versammelte, machte deutlich, dass erst dieser Tod das unwiderrufliche Ende einer Ära der Pop-Kultur setzte, das Ende eines Musik-Quartetts, das einer Generation und einem Jahrzehnt ihre Leitmotive, ein Stück ihres Bewusstseins geliefert hatte.
In diesem Sommer beendete das begüterte Paar den selbst gewählten Ruhestand. Sie mieteten ein Aufnahmestudio, sangen, spielten und mixten und teilten endlich in den 14 Songs der LP "Double Fantasy", der Welt mit,   welchen   Glückszustand   ihre   Verbindung

inzwischen erreicht hat. Auch der Mörder Chapman hatte sich das Cover von "Double Fantasy" von seinem übermächtigen Idol signieren lassen, bevor er zur Tat schritt.

Juhu, es gab ja noch mehr zu lesen und ich blätterte und las weiter, während Klaus in der englischen Version der Bibel las. Das machte er immer, wenn er mich zum Lachen bringen wollte und er begann immer, mit ernster Miene aus den Psalm 23 King James Version (KJV)"The Lord is my shepherd; I shall not want" vorzutragen. Und da ich ja bekanntlich nicht alles verstand, verdeckte ich mein Gesicht mit dem Magazin und tat so, als sei ich ganz in den Lennon-Artikel versunken. „Auf jetzt", rief ich und unterbrach unsere Lesezeit. „Lass uns jetzt zu „John" gehen und ein paar Fotos machen. Habe lange genug darauf gewartet." Gesagt getan und als wir die unzähligen asiatischen Besuchergruppen beiseitegeschoben hatten, legte Klaus mit seiner Kamera los.

Heute gibt es nicht mehr ein einziges Bild von diesem für mich historischen Moment. Die Bilder im Kopf bleiben aber für immer, werden klarer und bleiben unvergessen, so wie die Lieder von John, seine unzähligen, weltweiten Aktionen als Friedensaktivist und seine musikalische Hymne auf seine Stadt: **„NEW YORK CITY"**, die es nur als Live-Version gibt und so kraftvoll ist wie die Stadt selbst und er es als Mensch bis zu seinem Tode war.

Am Abend nahm mich Klaus mit in einen Klub, den er mitsamt den Damen darin sehr gut kannte. Er war des Öfteren zu irgendeiner Messe im BIG APPLE und brauchte wohl Zerstreuung. Ich aber hatte keine Ahnung, was da auf mich zukam und dass ich letztlich die Flucht ergreifen musste.

Der Weg zu den asiatischen Damen führte weg vom Hotel, weg von der belebten Avenue und hin zur einer dieser kleinen Gassen, die auch in der TV-Serie Kojak oft zu sehen waren. Eine einzige vergilbte Straßenlampe gab gerade genug Licht, dass man nicht über den Müll stolperte. Ich wäre fast vor Angst gestorben, hätte mich mein Freund nicht mit einem seiner Witze abgelenkt. Er fragte mich: „Was sagt die Null zur Acht?" Ich antwortete unsicher: „Keine Ahnung". Klaus schmunzelte und ergänzte mit dem Satz: „Du hast aber einen schönen Gürtel." Schwupps, schon standen wir an einer Holztür über der eine rot erleuchtete Lampe hing, deren Gilb auf dem Glas anzusehen war, dass sie ihre besten Zeiten schon hinter sich hatte. Wir mussten zwei Holzstiegen, deren Dielen wie in einem Western knarrten, nach oben gehen, um einen Raum mit zwei Holzbadewannen zu erreichen.

Immer noch unsicher in der Frage was ich hier eigentlich sollte, wurde ich schon sanft, natürlich nackt, mit den einfachen chinesischen Worten 在这里, die übersetzt „hier hinein" meinten, in eine der Wannen gelotst. Es begann damit, dass eines der jungen Mädels mit einer Holzschöpfkelle mir heißes Wasser über den

Körper schaufelte, um mich dann noch mit Seife zu reinigen. Ab da hielt ich es nicht mehr aus, ich wollte und konnte das nicht. Ich war auf meine Art auch ein Schäfchen und verließ fluchtartig die Herde. Schnell packte ich meine Siebensachen und stürzte eilig aus dem Zimmer, hörte aber noch, wie Klaus mir nachrief: „God Is Our Shepard".

Als ich endlich im Laufschritt die dunkle Gasse hinter mir gelassen hatte, drang von der anderen Seite aus einer „Roten Corvette" der Song von REO Speedwagon zu mir herüber und gab mir für den Weg zum Hotel ein Gefühl von Sicherheit zurück. Ich sang den Refrain sooft, bis ich am Ziel war. Bis heute hat er sich mir wie ein „Tattoo" mit Gänsehautgefühl eingeprägt. Kommt der Song im Radio, singe ich immer mit und für vier Minuten und dreiundvierzig Sekunden befinde ich mich wieder auf der großen Straße in New York City ... *„Can't fight this feeling" any longer, and yet I'm still afraid to let it flow, what started out as friendship has grown stronger, I only wish I had the strength to let it show ... (Text: Kevin Cronin)*

Auf dem Weg zurück in die Heimat, sprichwörtlich über den Wolken, fand ich endlich Zeit, in Ruhe auch den zweiten großen Artikel zum tragischen Tod meines Idols aus dem Dezember Spiegel von 1980 zu lesen. Nach einiger Zeit schlief ich darüber ein. Es sollte nicht das einzige Mal sein, dass ich zu Gast war in dieser inzwischen sogar sicheren Stadt. Begeistert haben mich dort immer auch die unzähligen Radiosender, denn die spielten eben diese typisch amerikanischen Rockmusik-Songs wie **„Can't Fight This Feeling"** von REO Speedwagon.

Mein neues Nokia Kulthandy riss mich unsanft aus meiner Gedankenreise und ich brauchte einen Moment, um mich zu orientieren. Dann ging ich ran. Meine Freundin Sandra war dran und spätestens jetzt wusste ich, in welcher Welt ich war.

An diesem Morgen hatte in ein CT und so einige andere Untersuchungen, um herauszufinden, wie der „Status quo" meiner Krankheit ist. Mit Ergebnissen war aber erst in ein paar Tagen zu rechnen und so nahm ich mir endlich die Zeit, meinen New York-Freund Klaus im Altenheim zu besuchen. Wir hatten schon mal vor zwei Wochen telefoniert und er hatte sich auch sehr gefreut, aber er sagte mir auch mit brüchiger Stimme, dass er krank sei, aber es ging ihm ganz gut und er wäre gerade draußen zum Rauchen. Na ja, dachte ich. Im Altenheim angekommen teilte man mir mit, dass mein Freund sich einen Keim eingefangen hatte und zurzeit wirklich sehr krank sei. Mit Handschuhen und Mundschutz ausgestattet trat ich in seinen Türrahmen, sodass er mich vom Bett aus noch sehen konnte und sprach ihn leise an. Nach ein paar Sekunden drehte er leicht den Kopf, öffnete die Augen ein wenig, um dann aber sofort wieder in den Schlaf zu fallen. – Wer ihn als einen Menschen kannte, der stark war, erfolgreich im Leben, mutig in Allem und immer für andere da war, der konnte sich so eine so traurige und vollkommen andere Lebensphase für ihn gar nicht vorstellen.

Hätte ihn so gern umarmt, aber der Keim wollte das nicht. Und so blieb mir nur, ihm zum Abschied „The Lord is Your Shepard" und „Danke für Deine Freundschaft" zu sagen. - Sie hat einen der besten Plätze in meinem Herzen eingenommen.

Reini & Klaus, Fotobearbeitung © Sandra Ehrler

1. Herren Tennispark Bielefeld e.V.
Reini, Michael, Klaus unser Teammanager, Didi, Markus, Fabi,
Kiki, Kai & Thommy.
Danke für eine schöne Zeit",
Fotobearbeitung © Sandra Ehrler

DESAPARECIDOS
(DIE VERSCHWUNDENEN)

„They Dance Alone (Cueca Solo)"

Daniela, 39 Jahre jung, Sandras Jahrgang, sitzt neben mir und wartet auf ihre wöchentliche Gabe. Wir sahen uns hier schon eine Woche zuvor. Es sind noch vier Tage bis Weihnachten. Weihnachten Zweitausend-siebzehn. Sie ist, mir gefällt das sehr, lebensbejahend, lebensfroh und kämpft gegen den Brustkrebs.

Wir befinden uns im „HOTTEST PLACE ALL OVER THE WORLD", dem HOT in unserem Krankenhaus, ir-gendwo am Rand der Stadt. Sie erzählt mir ihre Story, wägt jedes Wort genau ab, damit auch nichts unter den Sessel fällt. Ja, die Sessel sind prähistorisch. Regel-mäßig stolpern die Schwestern über das Fußteil, fallen monatelang aus oder müssen ambulant genäht wer-den. Die Chemo-Beutel werden mit meinem „Port" verbunden, den ich mit Bedacht rechts trage, denn ich bin ja auch ein „left handed" Tennisspieler. Trotzdem habe ich meinen Sport nicht etwa einfach so mit links beherrscht. Das Talent der anderen war mein Ehrgeiz. Auch da habe ich Glück gehabt. Wäre mir das leicht von der linken Hand gegangen, hätte ich wohl früh die Lust daran verloren. Irgendwie war es ein kleiner ame-rikanischer Traum in Good Old Germany. Der Balljunge aus der Kindheit rannte, schürfte sich die Knie auf, füllte Ballkartons mit Sägemehl und kloppte mit Ball und Gerät täglich mehrere hundert Mal gegen eine Betonwand.

Ein zufälliges Auftreten ohne Erfolg bei den Jugendmeisterschaften in Wiesbaden oder kurze Einsätze als Ersatz im Klub waren der Anfang des Traumes. Irgendetwas in mir rührte sich und schrie: „Mach was draus"! Ohne Talent, mit viel Energie und ganz passabler Technik war ich in den Norden gereist und hatte dort mit den Starfighter-Piloten der Bundeswehr um die Wette gespielt. Wieder im Süden angekommen, war es dann weitergegangen und die Entscheidung „Für die Schule lernen oder spielen" war meist kein Thema. Nach der langen Odyssee war ich wieder im Westen angekommen und dann wurde es wirklich so wie im amerikanischen Traum. Es ging sportlich hinaus in die weite Welt und der Beruf war jetzt Berufung! Oh je, abschweifen konnte ich immer schon gut. Eigentlich wollte ich Euch nur erzählen, dass mein Port rechts sitzt.

Im Hot geht es Schlag auf Schlag, und Schwupps kam schon Schwester Monika um die Ecke. Was war das? Sie legte mir ein Handtuch und zwei Eispads auf meine Knie, nahm meine Hände und überdeckte sie mit dem Tuch. Basserstaunt fragte ich sie: „Wozu das denn jetzt?" „Das soll Neuropathie in den Händen vermeiden." Okay, ich google das dann mal zuhause. Bin analog unterwegs und stolzer Besitzer eines Nokia Kulthandys mit Tasten. Wenn die „Smarten" unterwegs

161

sind und irgendwo verzweifelt einen Stromanschluss suchen, lacht sich mein Akku kaputt. Eigentlich schreibe ich in den drei Stunden der Chemo gerne eine Episode für mein Buch, aber verdammt: das geht ja jetzt so ohne Hände gar nicht. Ok, das mit dem Schreiben fällt flach. Dann nutze ich die Gelegenheit, meiner Mitpatientin Daniela ein bisschen Musik vorzuspielen. Also bitte ich eine Schwester, mir meinen Kopfhörer samt iPod zu reichen - der steckte ja schon im Sacco, genauer gesagt dort, wo die Tücher oder die Brille sind - und ihn Daniela zu bringen.

In den Siebzigern und Achtzigern, zur hohen Zeit der Militärjunta in Chile und Argentinien, hat es mich kirre gemacht, dass überall auf der Welt Menschen anderen Menschen das Recht abschnitten, wie Menschen zu leben. Das macht es noch heute. Aber wo sind heute die Künstler, die darüber singen? Im Westen nichts Neues! Aber im Irak, in Libyen, im Libanon oder anderswo gibt es Bands die uns unter Lebensgefahr singend erzählen, wie sehr sie sich Freiheit und Frieden für die Menschen ihres Landes wünschen.

Ich frage Daniela, ob ich sie mit beschreiben darf, und sage ihr, dass ich nur einen Titel eingestellt hatte und sie sollte jetzt auf Play drücken. Ich gebe ihr den übersetzten Text dazu, Google sei Dank, und wartete, bis Stings 07:13 Minuten dauernder Song **„They Dance Alone (Cueca Solo)"** langsam auslief. Sting singt vom Verschwindenlassen von Menschen, eine Metapher, die sich auf trauernde chilenische Frauen

(„arpilleristas") bezieht. Frauen, die den Cueca, den chilenischen Nationaltanz, alleine, mit den Fotos ihrer „verschwundenen" Ehemänner und Söhne in ihren Händen tanzen. Ich wusste von damals, dass Sting sein Lied als symbolische Geste des Protestes gegen den chilenischen Diktator Augusto Pinochet geschrieben hatte. Unter Pinochets Militärjunta zwischen 1973 und 1990 wurde tausende Menschen ermordet - oder verschwanden spurlos. Das waren die sogenannten „Desaparecidos".

Warum tanzen diese Frauen hier für sich allein, fragt Sting im Lied?
Warum ist diese Traurigkeit in ihren Augen, denkt er?
Was suchen die Soldaten hier mit erstarrten Gesichtern, wundert er sich?
Sie tanzen mit den Verschwundenen.
Sie tanzen mit den Toten.
Sie tanzen mit den Unsichtbaren, ihr Kummer ist unausgesprochen.
Sie tanzen mit ihren Vätern.
Sie tanzen mit ihren Söhnen.
Sie tanzen mit Fotos von ihren Ehemännern.
Sie tanzen allein mit einem weißen Tuch.
Das ist die einzige Form des Protestes, der ihnen gestattet ist,
Er hat ihre stillen Gesichter laut schreien gesehen.
Würden sie reden, verschwänden sie ebenfalls, eine weitere Frau auf der Folterbank. (Text: Gordon Matthew Thomas Sumner alias Sting)

Sting widmete den Song den chilenischen Frauen der Bewegung „Madres de la Plaza de Mayo". Sting, der die chilenischen Frauen besuchte und bei ihnen nachfragte, was sie erreichen wollten und erreicht haben. Die Frauen freuten sich über Stings Idee, ein Musikstück über sie zu machen.

An diesem Ort, in dieser besonderen Atmosphäre eines Raumes, in dem lauter Kranke aber lebensfrohe Menschen sitzen, erlebe ich das Lied von Sting noch einmal neu. Der Anfang ist mir in Fleisch und Blut übergegangen, er hat mich ja schon 1987 in seinen Bann gezogen. Das Snare Pattern ist am Anfang und im weiteren Verlauf des Songs immer wieder zu hören. Dieses Pattern ist ein typischer Teil einer Marschmusik und es entsteht eine Stimmung von Militärjunta. Die danach einsetzende Snare Drum bringt mich sofort wieder zurück in die Zeit, wo der Widerstand mit Musik und Literatur für mich (m)eine Stimme für die Opfer der Verfolgung durch die Militärjunta war.

Meine eigene Stimme allein wäre nichts gewesen, denn früher konnte man einen Leserbrief schreiben, das Radio anrufen oder sich im Café Oktober darüber unterhalten. Obwohl, es gab noch den Bunker Ulmenwall, wo die Liedermacher ihren Mund aufmachten und singend erzählten, dass das „Verschwindenlassen" ein Verbrechen gegen die Menschlichkeit ist. Es ist eine der schwerwiegendsten Menschenrechtsverletzungen, laut Völkerrecht!

Bunker Ulmenwall Bielefeld, Foto © Sandra Ehrler

Konstantin Wecker sang just ´87 im verqualmten und proppenvollen Bunker von den Geschwistern Sophie und Hans Scholl. Sie gehörten in der Nazizeit der Widerstandsbewegung die **„Die Weiße Rose"** an. Für sie und all die, die sich auch heute noch dem Faschismus besonders in Süd- und Lateinamerika entgegenstellen, ist dieses Lied. Und für Euch, damit ihr nicht in den Schlaf kommt, fügte Konstantin Wecker unter tosendem Beifall an.

Ich hörte damals also die Künstler über diese Dramen menschlichen Unrechts singen. Ich las die verbotenen Bücher der Dissidenten, sah es im Fernsehen, sah Filme von Costa Gavras und mir brannte es unter den Fingernägeln. Ich brauchte eine eigene Art des Ausdrucks. Ich konnte nicht malen, kein Instrument spielen und wenn ich sang, hörte es sich an, als ob es aus einem Grammophon-Trichter kommt. Es mussten

Verbündete her. Die gab es. Ich erzählte Rosi, Hajü und seinem Bruder Michael, was mich bedrückt, und fragte sie, wie ich es ausdrücken könnte? Sie waren die nächsten Freunde, wussten, wovon sie sprachen, führten und erweiterten behutsam mein Bewusstsein. Die Treffen fanden zwar nur einige Male im Jahr statt, denn es gab feste Rituale für diese Familientreffen, aber dann wurde dort wirklich über Gott und die Welt philosophiert und ich war dankbar für alles, was ich hörte.

Jetzt hatte ich einen Grafiker & Maler und einen Journalisten an meiner Seite. „Hajü" war der Mann, der das Logo der Supermarktkette Marktkauf in anderthalb Minuten gezeichnet hatte. Seitdem ist 1:30 hoffähig oder nebelt jetzt gerade die Chemo mein Gehirn ein? Eine kreative Werbeagentur hatte er aber ganz bestimmt. Sein Bruder Michael war beim Fernsehen, bei Radio Bremen. Er sagte immer zu mir: Schreib auf was dich berührt, denn das „versendet" sich nicht. Mein Glück war, dass Michael auch an kleinen Texten ausgesprochen lange gefeilt hat, bevor sie seinem selbstkritischen Anspruch genügten. In diesem Punkt sind wir uns leider nicht sehr ähnlich, aber seinem Neffe Olli Geyer aus Berlin scheint dieses schöne Erbgut zur Hälfte ja mit in die Wiege gelegt zu sein. Die Wissenschaft ist sich da bei Brüdern nicht ganz sicher.

Michael Geyer, Foto © Familie Geyer

Die Idee und Musikauswahl war meine Domäne, von
Anfang an, und meine mehr als 10.000 Vinyl-Platten
umfassende Musiksammlung ließ mich in den gemeinsamen Projekten gleichberechtigt werden. Wir erfan-
den ein Weihnachtsgeschenk zum Nachdenken, Hajü
malte den Titel, Michael schrieb den Text, die Musikauswahl und das Thema war mein Job.

Aber wie sah das 1987 aus? Zur Erstellung eines besonderen Tonträgers benutzte ich zwei hochwertige Dual-Plattenspieler mit zwei Tape-Decks. Die waren von Panasonic, vertrugen sich aber mit Plattenspielern. Ein Mischpult gab mir die Möglichkeit die einzelnen Titel einer Vinyl-Platte so aufzunehmen oder zu überspielen, dass es wie im Radio klingt. Worauf? Natürlich auf eine TDK SA Limited Edition Kassette, die ich als Masterband nahm und die mir Platz für Neunzig Minuten Musik gab. Dann versuchte ich, 100 Kassetten ohne Bandsalat zu überspielen. Nächte gingen dabei drauf, misslungene Exemplare rauschten ohne Vorwarnung aus dem Fenster, Rosi verzog sich mit Hund Bonnie ins Schlafzimmer. Danach bekam ich einen Heulkrampf, der mich rettete – danach fing ich einfach von vorn an. Währenddessen fertigten die fleißigen Mitarbeiter von Hajü in der Vorweihnachtszeit ein Poster mit der Zeichnung des Künstlers an. Der berührende Text von Michael wurde direkt unter das Poster gesetzt. Es sollten in den folgenden Jahren weitere starke Zeichnungen und aufwühlende Texte folgen, die mit meiner Musikauswahl Hand in Hand gingen.

Die Texte von Michael Geyer sind heute aktueller denn je. Olli und ich haben sie in den letzten Jahren oft einfach wieder aufgegriffen. Die X-MAS Kassetten, die grandiose Grafik mit dem blauen Kopf, der im Blut der Zeit steht, aber Hoffnung hat, dass seine Zeit kommen wird.

Cover über Cover, Foto © Sandra Ehrler

Als sie langsam wieder die Augen aufmachte und sehr berührt vom Song schien, fragte ich meine Sitznachbarin, ob ich ihr etwas aus dieser Zeit erzählen dürfe. Das würde mir helfen, später meine Worte auf Papier zu bringen. Sie nickte, lehnte sich entspannt zurück und hörte aufmerksam zu, denn ihr Jahrgang `78 wusste sicher wenig über das Verschwindenlassen. Aber als ich ihr sagte, dass es das heute immer noch in vielen Ländern gibt, und dass so etwas in nicht allzu ferner Zukunft womöglich auch ganz in unserer Nähe wieder geschehen könne, legte sie ihr Smartphone zur Seite, schloss die Augen und ich begann.

Sie war verheiratet, hatte sie mir gesagt. Also fragte ich sie, ob sie sich Folgendes vorstellen könnte: Es klingelte an Deiner Tür. Ihr erwartet aber keinen Besuch. - Dann wird dein Mann verhaftet und gefoltert.

„Nein, das kenne ich nur aus Krimis, aber wenn wir einen guten Anwalt haben, ist er zum Abendessen wieder zurück, denn wir essen zeitig." So sind wir halt im Hot, ohne die Verlässlichkeit der Medizin und unseren Humor wären wir verloren. Ich sprach von der Literatur für Opfer der Verfolgung durch die Militärjunta, in der das Suchen nach den Vätern, Söhnen und Freunden und die schreckliche Wahrheit beschrieben wird. Auf einmal waren alle Erinnerungen wieder da, und ich hätte sie mir gerne in mein kleines Buch notiert, wären meine Hände nicht durch die Eispads handlungsunfähig gemacht worden.

Ich war siebzehn, als auch in Griechenland der Teufel los war, doch das wurde mir erst vierzig Jahre später durch Filme wie „Z" von Costa Gavras bewusst. „Stell´ dir also vor, Daniela, du schaltest morgen früh dein Radio ein, die Musik wechselt ganz abrupt von „Lass mi amoi no d`Sunn aufgeh` segn" von Austria 3 zu Militärmärschen, unterbrochen von der Ankündigung: „Infolge der aktuellen Unruhen hat das Militär die Macht im Land ergriffen." Am 21. April 1967 erwachten die Griechen damit! Schweigen im Raum, denn mittlerweile hörten alle zu, bis auf die, die eingeschlafen waren."

Es beginnt immer mit einem Ereignis oder einer Person, wenn einen etwas berührt, wütend oder sprachlos macht. „Erst werden wir alle Subversiven töten, dann ihre Kollaborateure, danach ihre Sympathisanten, danach die Unentschlossenen und schließlich die

Zaghaften." Dieser zynische Satz der Militärs in Argentinien war gemeint als Kriegserklärung an das argentinische Volk. Erst heute im Hot, als ich die Worte über meine Lippen bringe, wird mir bewusst, wie sehr das Ausgesprochene mich berührt. Immer noch Stille im Raum und ich erzähle weiter – jetzt über den Spielfilm „Missing" des griechisch-französischen Regisseurs Constantin Costa-Gavras aus dem Jahr 1982, den ich fünf Jahre später aus einer Videothek auslieh.

Immer wenn es um eine Person oder Familie geht, taucht man intensiver in die politischen Zusammenhänge eines Landes ein. Das Drama basiert auf dem authentischen Fall des US-Journalisten Charles Horman, der nach dem Putsch in Chile 1973 von der dortigen Militärregierung entführt und ermordet worden war. In dem fesselnden und erschütternden Politthriller „Vermisst" prangert Costa-Gavras die Verletzung der Menschenrechte beim Militärputsch 1973 in Chile an und beschuldigt die USA, dabei mitgewirkt zu haben. Charlie Horman ist der Sohn einflussreicher New Yorker Eltern. Zum Kummer seines Vaters opponiert Charlie gegen das Establishment und zieht nach dem Studium mit seiner gleichgesinnten Ehefrau Beth in das von einer linken Volksfront regierte Chile, weil er die Welt nicht länger „durch die New York Times" sehen mag. In Santiago de Chile arbeitet er an einem Zeichentrickfilm für Kinder, verfasst Drehbücher, betätigt sich als Übersetzer und schreibt für eine linksgerichtete Zeitung.

Als er sich im September 1973 einige Tage mit Terry Simon, einer amerikanischen Freundin von ihm und seiner Frau in Viña del Mar aufhält, werden sie am 11. September vom Militärputsch gegen Salvador Allende überrascht. Wegen der gesperrten Straßen müssen sie länger als geplant bleiben, und sie können Beth nicht verständigen, weil die Telefonleitungen unterbrochen sind. Immer wieder sind Schüsse zu hören. In den Straßen liegen überall Leichen. Nachts herrscht Ausgangssperre. Captain Ray Tower aus Paris, Texas, prahlt gegenüber Charlie und Terry damit, soeben einen Auftrag erfüllt zu haben. Seinen Andeutungen zufolge arbeitet er für die CIA und war am Sturz Allendes beteiligt. Aussagen wie diese, hält Charlie in seinem Notizbuch fest, denn er will die Verwicklung der USA in den chilenischen Militärputsch anprangern.

Charlie und Terry lernen auch Andrew Babcock kennen, einen Sonderbeauftragten der US-Marine, und Captain Tower bringt sie schließlich nach Santiago de Chile zurück. Vorsichtshalber lassen sie sich statt zu Charlies Wohnung zu einem Hotel fahren. Weil kein Taxi anhält und die nächtliche Ausgangssperre beginnt, bleibt ihnen nichts anderes übrig, als die Nacht in dem Hotel zu verbringen. Das Telefon funktioniert noch immer nicht. Beth ist sehr erleichtert, als die beiden am 16. September endlich wiederauftauchen. Besorgt drängt sie darauf, das Land zu verlassen. Terry hat bereits für den nächsten Tag einen Flug nach New York gebucht, und Charlie will versuchen, mit Beth ebenfalls so rasch wie möglich auszureisen. Beth versäumt jedoch einen Bus, und die nächsten sind überfüllt und fahren an der Haltestelle vorbei. Weil sie es zu Fuß bis zur Ausgangssperre nicht mehr nach Hause schafft, verbringt sie die Nacht in einem Hauseingang.

Am nächsten Morgen findet sie die Wohnung verwüstet vor. Von Charlie fehlt jede Spur. Nachbarn wollen gesehen haben, wie er von einer chilenischen Militärpatrouille abgeholt wurde. Eine Zeugin erzählt, sie sei zufällig hinter dem Militärlastwagen hergefahren, bis dieser ins Nationalstadion einbog. Verzweifelt wendet Beth sich an die US-amerikanische Botschaft. Dort versichert man ihr, alles zu tun, um ihren Mann zu finden, aber Beth kommt bald zu der Überzeugung, dass niemand daran interessiert ist, das Schicksal des Vermissten aufzuklären. Charlies Vater, ein erfolgreicher Geschäftsmann mit festen moralischen Grundsätzen und konservativen Wertmaßstäben, fliegt zunächst nach Washington. Dort kann er nichts erreichen. Zwei Wochen nach dem Verschwinden seines Sohnes trifft er bei seiner Schwiegertochter in Santiago de Chile ein. Er verhehlt nicht, dass er Charlie für einen Versager hält und dessen politische Einstellung missbilligt.

Der US-amerikanische Botschafter in Santiago de Chile versichert Edmund und Beth Horman, er werde alles tun, um den Vermissten zu finden. Als einer seiner Mitarbeiter Beth auffordert, Charlies Freunde aufzulisten, lehnt sie das rundweg ab, weil sie befürchtet, dass sie festgenommen werden sollen.

Es stellt sich raus, dass das chilenische Militär die Menschen in das zu einem Konzentrationslager umfunktionierten Nationalstadion bringt. Dort werden sie gefoltert. In der Botschaft heißt es inzwischen, Charlie habe seine Festnahme möglicherweise mit linken Gesinnungsgenossen selbst inszeniert, um die Militärjunta in Verruf zu bringen. Als der Botschafter erfährt, dass Edmund Horman den Verdacht äußerte, die US-amerikanische Geheimdienste könnten an Allendes Sturz mitgewirkt haben, stellt er ihn sofort zur Rede und erklärt kategorisch, seine Regierung habe mit dem Militärputsch nichts zu tun.

Im Nationalstadion wenden Beth und Edmund sich über Lautsprecher an die Tausende von Gefangenen und fordern Charlie auf, sich zu zeigen. Aber er ist nicht da. Beth entdeckt unter den nicht identifizierten Toten in den Kellergewölben des Nationalstadions einen Freund. Während der Suche nach Charlie begreift Edmund Horman, dass er seinen Sohn und seine Schwiegertochter falsch einschätzte. Er beginnt Beth zu respektieren und bewundert ihren Mut.

Mitte Oktober erfährt Edmund Horman von einem Mitarbeiter der Ford Foundation in Santiago de Chile, dass Charlie am 19. September im Nationalstadion ermordet worden ist. Vergeblich versucht Edmund, den Namen des Zeugen herauszufinden, von dem die Information kommt. Ein Journalist behauptet, Charlie sei auf dem Weg ins Ausland. Aufgebracht beschuldigt Edmund den Botschafter, die ganze Zeit über von

Charlies Ermordung gewusst zu haben, dies jedoch wegen der Verwicklung in den Militärputsch vertuschen zu wollen. Als Edmund ins Hotel zurückkommt, führen gerade zwei chilenische Beamte Beth ab. Er begleitet seine Schwiegertochter zur Vernehmung. Kurz darauf teilt der amerikanische Konsul mit, Charlie Horman sei tatsächlich am 19. September im Nationalstadion exekutiert worden. Man werde die zweifelsfrei identifizierte Leiche in den nächsten Tagen freigeben. Charlies Leiche wird erst sieben Monate später in die USA überführt. Zu diesem Zeitpunkt ist es für eine aufschlussreiche Autopsie zu spät.

Der Film macht auch heute noch fassungslos. Unter den Opfern waren auch 100 Deutsche. Und dort, wo jedes Wochenende 60.000 Fußballfans ihren Teams zujubeln, standen vor vierzig Jahren tausende von Verschwundenen auf den Rängen. Der panamaische Salsa-Sänger Rubén Blades behandelt das Thema in seinem Song **„Desapariciones"**: „Denn das Verschwinden ist schlimmer als Folter oder Tod! Denn eine ganze Familie leidet unter dem Unwissen über das Schicksal der Entführten – manchmal hielt diese Unsicherheit über Jahrzehnte an."

Ich machte eine Pause, denn einer meiner Beutel musste gewechselt werden und Daniela, die anderen im Raum und die Schwestern waren sehr still geworden. Ich war wieder mal, wie so oft in der letzten Zeit, mitten drin in meiner Reise in die Vergangenheit.

Ich erzählte weiter, dass in Argentinien Menschen hilflos, mit Drogen betäubt und nackt in die sogenannten Todes-Flugzeuge geladen wurden. In mehreren tausend Metern Höhe öffneten die Militärs die Schleusen – und ließen die Menschen in den Tod fallen. Immer mittwochs stiegen die „Vuelos de la muerte", die Todesflüge, auf. Das erste Mal 1976, erst sieben Jahre später sollten sie aufhören. Bis zu 15 Gefangene waren pro Flug an Bord. Sie waren in das Fadenkreuz der argentinischen Militärjunta geraten.

Ich war fertig und versprach Daniela, das Manuskript beim nächsten Mal mitzubringen. Dann sollte sie vorlesen und ich werde zuhören.

Mitten im Schreiben ploppte „Der Spiegel / SPIEGEL ONLINE" - 30.11.2017 auf und ich las: Hohe Haftstrafen für 48 argentinische Militärs.
Sie waren für die Folterung und Ermordung von fast 800 Menschen während der Diktaturzeit verantwortlich: In Argentinien sind 48 ehemalige Militärs zu hohen Haftstrafen verurteilt worden. Ein Gericht in Buenos Aires hat 48 frühere Militärs wegen Menschenrechtsverletzungen zu hohen Gefängnisstrafen verurteilt. Von ihnen erhielten 29 lebenslange Haftstrafen, weitere 19 Angeklagte müssen zwischen 8 und 25 Jahre absitzen. Sie wurden für die Verschleppung, Folterung und in den meisten Fällen auch Ermordung von 789 Menschen während der Militärdiktatur in den Jahren 1976 bis 1983 schuldig befunden.

Der fünfjährige Prozess befasste sich mit Menschenrechtsverletzungen in der berüchtigten Mechanik-Schule der Marine (ESMA), dem größten Konzentrationslager der Militärdiktatur, in dem über 4000 Menschen getötet wurden. Unter den Opfern der Verurteilten waren auch zwei französische Nonnen. Acht weitere Opfer waren betäubt aus Flugzeugen in den La-Plata-Fluss abgeworfen worden.

Die erste Grafik mit dem Text und der Musik vieler hier erwähnter Künstler, war der Auftakt zu einer bis heute andauernden Serie „Katastrophen zu Weihnachten".

Grafik Hans-Jürgen Geyer © Stephan Kollmeier

Als ich im Taxi saß, hörte ich mir jetzt noch einmal Sting an und er endet mit den Zeilen:

Eines Tages werden wir auf ihren Gräbern tanzen.
Eines Tages werden wir unsere Freiheit singen.
Eines Tages werden wir unsere Freude lachen.
Und wir werden tanzen. (Text: Gordon Matthew Thomas Sumner alias Sting)

MRS. WALKER, IT`S A BOY

„It's a Boy"

Wir schreiben Montag, den 2. Oktober 2017, 9 Uhr. Es ist einer dieser merkwürdigen Tage im Oktober, wenn der Spätsommer im Begriff ist gegen den Herbst den Kürzeren zu ziehen. Ich sitze, so wie alle vierzehn Tage, mit anderen Krebskranken im Therapieraum meines Krankenhauses. Der Sessel mit Fußstütze und Armlehne ist sehr bequem. Der Regen klopft leise, aber unaufhörlich, an die großen Fenster. Meine Gedanken schweifen ab, und chemo-bedingt verändert sich auch meine Wahrnehmung. Die einzelnen Tropfen werden ganz farbig, bis es schließlich Konfetti vom Himmel regnet.

Hin und wieder wird die Stille durchbrochen vom Piepen des Chemo-Automaten, der die Mikro-Soldaten zum Kampf gegen den Krebs im Körper in Stellung bringt oder von zwei Mitpatienten, die sich über Gott und die Welt unterhalten. Jetzt muss man nur Glück haben, um nicht in das Gespräch miteinbezogen zu werden. Mir ist meine Therapie zu wichtig, um über das Wetter oder andere banale Dinge zu sprechen. Dann ist wieder Stille, und ich gehe langsam und unaufhaltsam in den Tagtraummodus über – hinein ins Jahr 1996 ... wo mehr als 1.000 elektrische Gitarren, so kam es mir und meiner damaligen Lebensgefährtin Rosi jedenfalls vor, den Saal das Shaftesbury Theatre im Londoner Westend mit einem bis daher live von uns nie gehörten Klangteppich überziehen. Ja, ich erlebte das Konzert in kleinen Versatzstücken noch einmal und sah uns beide mitten im Saal sitzen.

Es waren teure Karten und wie immer hatte Rosi sie bezahlt. Das tat sie bei allen Dingen, egal ob es um Ausgehen, Urlaub, Konzerte, Klamotten oder was auch immer ging. Immer zückte sie das Portemonnaie – mehr als ein Jahrzehnt lang ging das so. Ich habe leider versäumt, mich nach unserer Trennung, die übrigens nur ich zu verantworten habe, ihr für all das zu danken. Also hole ich es hier nach:
Liebe Rosi, danke, dass Du mich all die Zeit so grenzenlos unterstützt hast, und ich dadurch die darauffolgenden Jahre sicherer im Leben stehen konnte. Dank Dir besitze ich unbezahlbare Reichtümer in Form unvergesslicher Momente. Danke dafür!

Rosi Geyer beim Sortieren meiner Belege

Als die „Overture" des Rock-Musicals **„Tommy"** von „The Who" dem Ende zuging und die Musik leiser wurde, öffnete sich der Vorhang und man sah Kim Wilde in der Rolle von Tommys Mutter, Mrs. Walker. Ja, da saß sie, die auch heute noch mit 70 Jahren sehr sexy und gut im Geschäft ist, auf einem Bett in der spartanisch eingerichteten Kulisse. Wir hörten andächtig den Song **„It's a Boy, Mrs. Walker, it's a Boy"**, der aus dem Off erklang – dann rissen mich vier Automaten, die gleichzeitig piepten, unsanft heraus aus meinem Traumsong, und ich rieb mir erstaunt die Augen. Da war es wieder, das Gefühl des „German Glückskindes": diese Aufführung in London mit Kim Wilde, die erste Rock-Oper überhaupt, wirklich erlebt zu haben. Mein Freund Thomas, ausgewiesener Who-Fan, wäre sicher auch gern dabei gewesen und wird beim Lesen feuchte Augen bekommen.

Ich versuchte, sofort wieder in den Traum zurückzukehren, aber so leicht ist das ja nicht mit den Tagträumen. Überhaupt herrschte Unruhe an den Automaten, wo gerade die Infusionen gewechselt wurden. Also versuchte ich, die Augen fest zu schließen, um noch einmal in die Vergangenheit zu gelangen und Bilder sehen zu können, die bis in die Gegenwart strahlen.

Nach Tommy ging es wieder zurück ins Hotel, aber nicht ohne auf dem Weg die Atmosphäre, das Gewusel, die Menschen und die vielen Klänge aus den diversen Theatern im Londoner Westend aufzusaugen und zu genießen. Unvergesslich!

In Deutschland hatte ich mir diverse Spiegel-Artikel zu Tommy besorgt und hatte vor, Rosi den Artikel „Lasst uns mal ran" aus dem Jahr 1970 vorzulesen. Wir saßen in der Hotelhalle bei einem Glas Wein, waren erschöpft aber glücklich in unseren bequemen Chesterfield Ledersesseln. Ich rauchte da noch, und wie es sich in England gehört, die Marke „Senior Service". Ihr Name ist der Spitzname der Royal Navy, und das Markenlogo zeigt ein Segelschiff. Mir gefiel das. Während ich mir also eine ansteckte, blätterte ich gleichzeitig im Magazin, bis ich den Artikel gefunden hatte, um ihn Rosi dann laut auf Deutsch vorzulesen.

Der Artikel begann mit einem Bericht über Pete Townshend und seiner instrumentalen Version der Rock-Oper „Tommy" in diversen Opern-Häusern in Europa, der mich aber langweilte, und ich unterschlug diese Passage. Der Spiegel schrieb aber weiter das „Tommy" eines der wichtigsten Werke der zeitgenössischen Musik ist und somit las ich wieder mit Freude laut vor.

SPIEGEL: Im Londoner Coliseum Opera House sagten sie dem Publikum: „Oper ist ja ganz schön, aber wir sind besser. Jetzt lasst uns mal ran."
TOWNSHEND: Das sollte natürlich nicht heißen, dass wir Wagner und Verdi ablösen wollen. „Tommy" ist ja keine Oper im klassischen Sinne, die von Sängern in Perücken und Pluderhosen aufgeführt wird, sondern ein Song-Zyklus mit einem Handlungsablauf – also eine Oper nur nach den Maßstäben des Rock 'n' Roll.

*SPIEGEL: Sie verwenden dabei elektronische Klänge –
genauso wie die sogenannten E-Musiker.*
*TOWNSHEND: Es gibt gewisse Parallelen, aber unsere
Musik hat eine viel größere gesellschaftliche Kraft.*
*SPIEGEL: Wie werden Ihrer Meinung nach Musikologen
in 100 Jahren die Rock-Musik einschätzen?*
*TOWNSHEND: Ich bin nur an der Gegenwart interes-
siert.*

Ich erinnerte mich, nachdem ich das Magazin zur Seite
legte, dass dieser Trip nach England extra für mich arrangiert worden war, denn ich wollte endlich einen
Einblick in die Sprache bekommen, die ich so liebte,
die ich zwar ein wenig verstand, aber die ich aus Angst
vor Blamage mich nicht traute zu sprechen. Rosi hatte
den Trip mit ihrer Nichte „Kiki", die mit ihrem damaligen Freund Mitchel in London lebte, organisiert. Kiki
hatte eine Freundin engagiert, die mit Rosi und mir
täglich eine Stunde Grammatik üben sollte. Was für
ein Horror! Ihr wisst ja, wenn Ihr den ersten Band des
„German Glückskindes" gelesen habt, mein Trauma
mit den Zeitformen. Es kam, wie es kommen musste:
Schon am dritten Tag fegte ich wutentbrannt die Unterlagen vom Tisch, weil ich das Gefühl nicht ertragen
konnte, dass meine Partnerin mit der Grammatik offensichtlich besser zurechtkam als ich. Ich war mal
wieder grandios an meinen eigenen Ansprüchen ge-
scheitert, wie schon öfter in meinem Leben.

Als ich mal Jahre später mit meiner jetzigen Freundin
Sandra Schach spielte und schon die erste Partie

verlor, sollte es nicht mal eine weitere Partie dauern, bis die Figuren zu Flugobjekten wurden. Spätestens da hätte mich jemand an die Hand nehmen müssen und mich kommentarlos bei einem Therapeuten abgeben sollen. Bis heute haben wir keine Partie Schach mehr gespielt, obwohl ich das gern mal wieder tun würde. „Sorry", sagte die Schwester und beendete dadurch meine Gedanken, „darf ich Sie abstöpseln?" Die Soldaten der Immuntherapie waren in Stellung gebracht und ich ging, nachdem noch die Nadel aus meinem Port entfernt wurde, zum Fahrstuhl. Auf der Fahrt ins Erdgeschoss pfiff ich leise, aber glücklich „It's a Boy" so vor mich hin.

Graffiti Düsseldorf, Künstler unbekannt, Foto © Sandra Ehrler

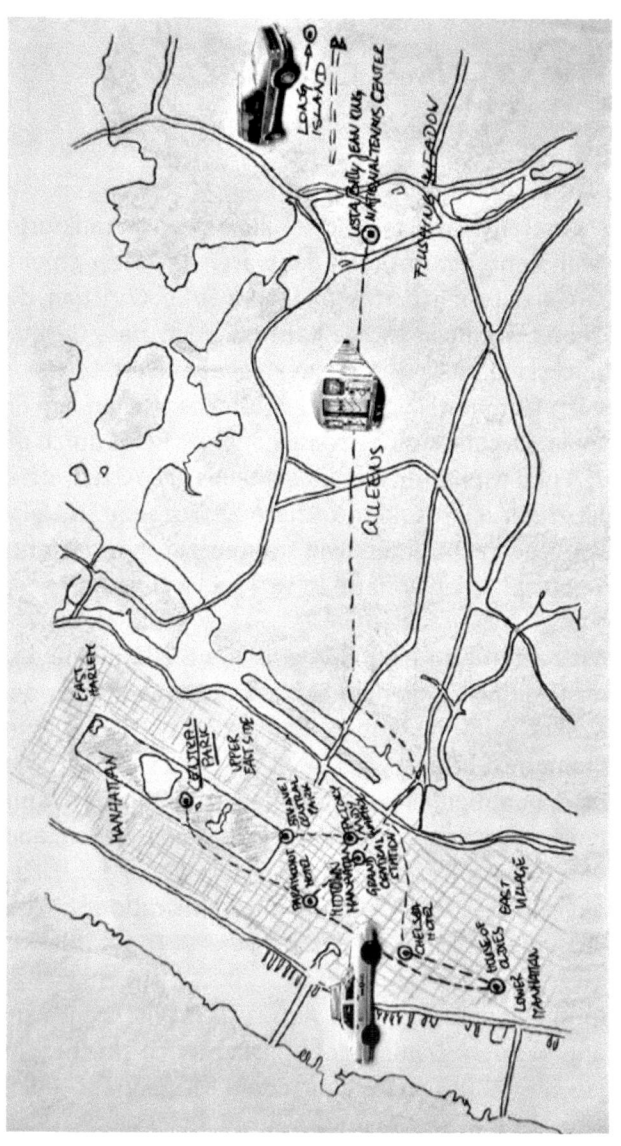

ES WAR EINMAL IN AMERIKA

„Pale Blue Eyes"

Wir waren in der Luft und gerade erst vom Frankfurter Flughafen gestartet. Wir, das waren Rosi Geyer meine damalige Lebenspartnerin, Olli ihr Sohn, Christian, der Freund von Rosis Nichte Katrin und ich, dass German Glückskind. In New York am Flughafen wartete später Björn Kommerell auf uns. Björn war schon im Big Apple. Er befand sich gerade auf einer Reise durch die USA und wir hatten ausgemacht, uns in NYC zu treffen. Björn hat dann später Karriere als Fotograf in Hollywood gemacht. Irgendwie trauten wir ihm das auch zugetraut, denn er hatte es sich selbst zugetraut.

Wir hatten also eine Flugreise von 6.202 Kilometern vor uns und würden mehr als acht Stunden über den Wolken sein. Mit dem Heißluftballon bei 50 Stundenkilometern hätten wir 124 Stunden, also knapp fünf Tage, benötigt. Ein Raumschiff wäre zu schnell für uns gewesen, schon der schönen Landschaft wegen, aber wären wir mit Lichtgeschwindigkeit geflogen, hätten wir in nur 0.021 Sekunden am Immigration-Schalter gestanden. Stellt Euch das mal vor.

So ein Atlantikflug, kein Airbus weit und breit, kann lang werden. Damals konnte man noch rauchen, es gab die **„Glücksritter"** mit Eddie Murphy auf Video,

Essen und Getränke satt und lustige Sprüche der beiden Piloten: „Tower, give me a rough timecheck!"
Tower: „It's tuesday, Sir."
Tower: „Höhe und Position?"
Pilot: „Also ich bin 1,80 m und sitze ganz vorne links".

Wir landeten nicht am Flughafen JFK, sondern am LaGuardia Airport. Dort landeten eigentlich die Inlandsflüge, aber wir kamen Mitte August an, tagsüber hatte es über 30 Grad Celsius und ein starkes Gewitter schickte Blitz und Donner vom Himmel auf die aus den dunkel-schwarzen Wolken kommende Maschinen hernieder. Also nahm der Pilot einfach die Richtung Queens, denn da schien die Sonne.

LaGuardia liegt an der Flushing Bay im Stadtteil Queens. Wir flogen über den Hudson River in Windrichtung für Runway 22. Wir hatten die großartigste Aussicht auf Queens, Lower Manhattan, Midtown, den Central Park, Harlem, die Bronx und das Yankee Stadium. YEAH! Es war fast so, als führen wir mit der Subway Linie 7 durch die Stadtteile. Wir waren so tief, so nah, dass wir den New Yorkern praktisch beim Essen durch die Fenster zuschauen konnten. Als wir über das damalige altehrwürdige Shea Stadium, das Baseballstadion der New York Mets flogen, nahm der damalige Left Fielder „Cleon Joseph Jones" seine Kappe vom Kopf, um uns einen Gruß zu senden. Ja, so war das damals in New York. Da war aber alles nichts gegen das Konzert der Beatles am 15. August 1965 im Shea Stadium, dem Höhepunkt der Tournee der Gruppe im

Jahr 1965. **„You Can`t Do That"** war sofort in meinem Ohr, als ich von oben auf das gefüllte Stadium blickte und ich dachte daran, wie gerne ich bei diesem Konzert dabei gewesen wäre. Wobei, eigentlich doch nicht, denn man hörte nichts, nur das Kreischen der Teenager und ab und zu ein bisschen Musik. Schon setzte unser Flugkapitän „Marty McFly" zur Landung auf den Runway 22 an, ohne uns vorher zu bitten, die Uhren sieben Stunden zurückzustellen. Das Gewitter holt uns jetzt ein", sagte er, „aber wir haben gleich Bodenberührung."

Es waren noch immer 30 Grad Celsius in Manhattan, aber die meisten Hydranten waren auf und spendeten kühles Nass, und die Kinder hatten große Freude daran. Mit dem Taxi ging es in das hipstermäßige Paramount-Hotel, 235 W 46th Street. Vor dem Hotel, beim Koffer ausladen, rasselten Olli und ich aneinander. Ich glaube, es ging darum, wie man eine bestimmte Sache auf Englisch ausdrückt. Ich weiß es nicht mehr so genau, ahne nur, dass Olli unschuldig war. Was ich aber noch genau weiß: Ich war so beleidigt, dass ich in dem Taxi, mit dem wir gekommen waren, erst mal sitzen geblieben bin und mich zum „House of Oldie" fahren ließ.
Der Taxifahrer war ein Puerto-Ricaner namens Alfred, der deutsche Vorfahren hatte. Das reichte für eine Kommunikation mit mir, denn er sprach besser Deutsch als ich Englisch. Wir kamen in die Carmine Street 35 und hatten unser Ziel erreicht – ohne das irgendjemand „Sie haben Ihr Ziel erreicht" gesagt hätte,

das gab es damals noch nicht. Neben dem „House of Oldies" waren zwei kleinere Läden, vor denen zwei Bänke zum Verweilen einluden. Eine war rot, sie gehörte zu einem kleinen Café, und in dem anderen Geschäft, „Ellary's Green", hatte das vegetarische Gastrokonzept schon Einzug erhalten.

Das „House of Oldies" war sofort an seinen großen blauen Metallschildern zu erkennen und unter dem Namen stand noch RARE RECORDS und die Hausnummer 35. Das Ganze ist seit 1968 im Besitz von Bob Abramson, den ich schon auf meiner ersten New York Reise 1986 mit Klaus Reinermann kennen und schätzen gelernt hatte. Rare Records hatte damals mehr als 200.000 Schallplatten auf Lager und der Laden ist mehr als weltberühmt. Zwei Dinge trieben mich weg von meinem Hotel zum Vinyl. Klaus hatte mir eine Liste von seltenen Platten für Bob mitgegeben. Wenn ich sie auftreiben konnte, sollte ich sie nach Deutschland verschiffen lassen. Der andere Grund war: Ich wollte das berühmte „Beatles Butcher Cover" einmal im Leben in den Händen halten. Es ist einzigartig. Wert 1980: 3.000 US Dollar, Wert 1991: 30.000 US Dollar, Wert 2018: 200.000 Dollar.

Auf dem Cover von **„Yesterday and Today"** sind die Beatles in Fleischerkitteln zu sehen. „Geschmückt" werden sie mit rohem Fleisch und Teilen von Puppen. Es ist das gewagteste aller Beatles-Cover – und das seltenste - denn es stand nur wenige Tage zum Verkauf; 750.000 Exemplare wurden gepresst. Amerikanische

Aktivisten und Aktivistinnen liefen Sturm, empfanden es als grotesk und geschmacklos. Die Plattenfirma ließ das Album zurückrufen. Um Kosten zu sparen, entschied man sich bei „Capitol Records" aber dazu, die Original-Cover mit einem neuen zu überkleben. Auf dem neuen Cover sind – ganz harmlos – die vier Beatles und ein großer Koffer zu sehen.

Bob holte mir sein einziges Exemplar von ganz oben aus dem Regal, und ich durfte die berühmte Pappe fühlen. „Das reicht", sagte er, nahm den Zettel von Klaus und verschwand im Lager. Er kam nach nicht einmal fünf Minuten mit einer sehr seltenen Scheibe zurück. Es war eine Pressung von Sidney Bechet, einem sehr bekannten amerikanischen Jazz-Saxofonisten, Klarinettisten und Komponisten. Wert: 350 US Dollar. Ich nahm die Platte, zahlte mit dem Geld von Klaus und er ließ mich ohne das Butcher Cover, und deshalb etwas traurig, zurück ins Hotel fahren. Dort angekommen zog ich die Nummer mit der beleidigten Leberwurst weiter durch. Rosi war zu Recht sauer, und Olli verstand die Welt nicht mehr. Ja, so bin ich halt auch heute noch manchmal, und das Schmollen dauerte bis zum nächsten Mittag. Die Truppe war nicht nachtragend, und so habe ich mich dann „schweren Herzens" wieder eingekriegt.

Währenddessen machten die Jungs mit dem Mietwagen, einem Plymouth Modell Voyager, einen Ausflug, denn es gab ja viel zu erkunden – was ich angesichts des New Yorker Verkehrs sehr mutig fand. Und auch

Euch empfehle ich, dass Ihr Euch besser schon mal anschnallt, denn mit dem Plymouth da kommt noch was.

Rosi und ich jedenfalls wählten die einfachere Variante und kauften uns zwei gute Center-Court Karten für die Night-Session der U.S. Open in Queens. Von meiner geliebten Grand-Central-Station, dem Kultbahnhof mitten in Manhattan, mussten wir mit der Linie 7 in Richtung Queens fahren, um dann in Flushing Meadows auszusteigen, wo die US Open bekanntlich stattfinden. Aber halt, bevor ist es vergesse: In der Grand-Central-Station hat übrigens Carly Simon 1995, kurz vor dem Umbau des Bahnhofes, ein grandioses Konzert gegeben.

An diesem Abend wurden noch zusätzliche Bahnen eingesetzt, sodass in Flushing mehr als 100 Züge hielten. Oje, so eine Menge hatte ich noch nicht gesehen. Leider gab es noch keine Smartphones, sonst hätte ich schnell ein Beweisfoto gemacht. Jaja, es war einmal in Amerika. Großes Kino, und ich fühlte mich kurz mal als ein Teil davon, wenn auch nur ein ganz kleiner Teil. Jedenfalls wusste ich von Anfang an genau, was ich sehen, berühren und auch schmecken wollte von dieser Stadt.
Die Masse schob sich von der Bahnstation in Richtung Eingang der Tennisanlage, wir mittendrin. Doch als wir am Tor ankamen, oh weh, blieb es uns vorerst verschlossen. Warum? Wir hatten wie gesagt Tickets für die Night-Matches und damit musste man eben leider solange warten bis das letzte Match der Day-Session

beendet war. Das tat der Stimmung der Fans aus aller Welt aber keinen Abbruch, alle waren fröhlich und bester Laune. Es war wie auf einem Mega-Volksfest, wofür die U.S. Open ja heute noch bekannt, geliebt und berüchtigt sind. Drehte man sich nur um, musste man aufpassen, dass man nicht von einer der vielen Marschmusik-Kapellen erfasst und mitgezogen wurde. Der Lärm war enorm. Die Passagiermaschinen am Himmel vom nahegelegenen LaGuardia Airport rauschten fast im Minutentakt über das Stadion hinweg. Den Rest besorgten die 20.000 Besucher am Abend. Wir wussten nicht, wer am Abend spielte, denn gerade liefen ja erst die Matches der ersten Runde, aber der Andrang ließ mich auf ein tolles Match hoffen. Rosi hatte uns tolle Karten organisiert, mittlerer Rang, links hinten. Karten konnte man damals noch zum halben Preis am Broadway schießen, in kleinen Tickethäuschen, wo es auch die Musical-Karten gab.

Wir hatten mal wieder Mega-Glück, denn die letzte Partie der Nacht hieß Jimmy Connors, genannt „Jimbo", gegen Patrick McEnroe, dem Bruder vom großen John. Es war die Farewell-Tour von Jimbo, der wohl mit 39 die Nase voll hatte, immer von einem der beiden McEnroes einen auf die Mütze zu bekommen. Ich kann das gut verstehen, denn ich habe im Tennis mehr auf die Mütze bekommen in all den Jahren, als die Faust gen Himmel zu recken.
Es war ein einseitiges Match und Jimmy lag weit zurück. Für die Fußballfans hier der Zwischenstand: 4:6,

6:7, 0:3 und 0:40, und ich Fachmann dachte: „Okay, das Ding ist gelaufen." „Lass uns fahren", sagte ich leicht enttäuscht zu Rosi. Jimmy Connors, neben Borg und McEnroe einer meiner frühen Tennishelden, tat mir leid, aber ich dachte, ehe der große Ansturm auf die Bahnen beginnt, wäre es ganz gut, schon mal Kilometer, äh Meilen, zu machen. Es war kurz vor Mitternacht und auf dem Weg zur Bahn brandete immer wieder Jubel vom Arthur-Ashe-Stadion zu uns herüber. Da ahnten wir schon, heute passiert was Großes – und wir sind nicht dabei.

Wir erreichten gegen 1:00 Uhr unser Hotel, und ich drehte den Fernseher an und war baff: Jimmy verwandelte um 1:35 Uhr nachts seinen Matchball. In dem Jahr zog Jimbo sogar ins Halbfinale ein und wurde damit endgültig zur Legende!

Der nächste Morgen brach an, ein Schelm, der an einen Cat Stevens Song denkt, und wir Älteren gingen schon in den Coffee-Shop, direkt im Hotel mit bester Sicht auf die Straße. Rosi nippte an ihrem Kaffee mit Milch, schaute versonnen aus dem Fenster und sagte: „Schau mal, da wird gerade ein Auto abgeschleppt." Plötzlich sprang Rosi auf, denn sie hatte erkannt, dass es unser Plymouth Voyager war, rannte nach draußen und rief in feinstem Hochdeutsch: „Halt unser Plymouth, unser Plymouth." Jetzt wechselten sie ins Englische und brachte den Fahrer des NYC-Manhattan-Towing-Service zum Lachen. „It`s too late, Lady", sagte er, überreichte ihr, als sie ihm dann endlich gegenüberstand, den Abholschein und murmelte sinngemäß sowas wie „Sorry Lady, aber was ich einmal am Haken habe, gebe ich nicht mehr her." Ich sah und hörte die Szene vom Coffee Shop aus, war aber wie gelähmt, denn meine nicht existenten Sprachkenntnisse hätten nur wieder einen Rückfall ins Eingeschnapptsein bedeutet. Ich wusste das.

Glücklicherweise eilten nun auch die jungen Herren auf die Straße und Rosi zur Hilfe, konnten hier aber auch nur noch den Rücklichtern des Abschleppwagens hinterherschauen – mit dem Plymouth im Huckepack! Die „Vier mit dem Plymouth", so nannte ich sie ab jetzt, waren tieftraurig über ihren Fauxpas, ein Leihauto mitten in Manhattan direkt vor dem Hoteleingang geparkt zu haben - und das sogar über Nacht und unmittelbar neben einem der berühmten New Yorker Parkverbotsschilder mit der Aufschrift **„Don't even think about parking"**.

Eigentlich war ich heilfroh, dass nur das Auto und nicht wir alle abgeschleppt wurden, denn Björn, der auch Fahrer und Parker des Wagens war, unser blinder Passagier, mogelte sich jede Nacht mit allerlei Tricks an der Rezeption vorbei auf das Zimmer der beiden anderen Jungs, um fürs Hotel nicht bezahlen zu müssen. Und das in den USA. Puuh, waren wir jung und mutig. Die Jungs und Rosi machten sich auf den Weg zum Hudson River, um den metallic-blauen Plymouth auszulösen, da ich dachte, vier Kinder und eine Erwachsene würden ausreichen, das Auto wieder zurückzubekommen. Das würde sicher ein paar Stunden dauern und gab mir nun die Zeit und Gelegenheit, drei

Sehnsuchtsorte aufzusuchen, die in gewisser Weise auch zu meinem Leben in Europa gehörten.

Ziel Nummer Eins war das berühmte und historische Chelsea Hotel. Das Chelsea Hotel besaß damals 250 Zimmer und war ein rotes Backsteingebäude, das ich schon von Ferne sah, als ich mich mit dem Taxi näherte. Warum zum Teufel wollte ich mir das Hotel ansehen? Weil im Chelsea Hotel zahlreiche Musiker wie Nico, Bob Dylan, Jimi Hendrix, Janis Joplin, Falco, Leonard Cohen und eine Menge anderer übernachtet oder sogar für einige Zeit dort gewohnt hatten.

Jimi Hendrix, Foto © Baron Wolman

Hello Reinhard, alias Billy oder reini Moh- Yes, you
may use my photo of Jimi Hendrix (68035-3a) in your
book. Please add this photo credit: Photo ©Baron
Wolman, Good luck with the book.
Good health with your body. Warm regards,
Baron Wolman (Mail vom 15. November 2017) Wow!

Ich las, dass viele der Künstler, die hier in den Sechzigern residierten, keine Kohle hatten, um ihre Rechnung zu begleichen und sie deshalb unterschrieben oder bemalten, um dem Hotel wenigstens ein Stück Kunst zu hinterlassen, das später vielleicht mal etwas wert sein würde. Diese Zeitdokumente wollte ich mir ansehen, das Flair spüren und dem Zeitgeist der Sechziger und Siebziger, der in mir so stark verankert war, neue Nahrung geben. Als ich meinen Kaffee und eine Camel ohne zu mir nahm, lag die Rechnung schon unter der braunen Espressotasse. Die Versuchung mit einer Zeichnung zu bezahlen war groß, aber mein Talent sehr klein. Schade, da hätte ich jetzt mal wirklich was zu schreiben.

Gern hätte ich der Factory des Pop-Art-Künstlers Andy Warhol in New York City einen Besuch abgestattet, aber sie war schon Jahrzehnte zuvor abgerissen worden. Trotzdem versuchte ich, mit meinem Taxifahrer auf Spurensuche zu gehen. Wir fuhren das Areal ab, wo die Studios früher einmal gestanden hatten, und ich kam dem Künstler dadurch näher als erwartet. Die Factory war damals in den Sechzigern der Ort, an dem sich bildende Künstler, Musiker, Tänzer, Schauspieler und Stars der Film-, Kunst- und Musikszene trafen. Mick Jagger, Bob Dylan, Jim Morrison und Salvador Dalí gaben sich, meist nächtens, die Klinke in die Hand, was mir bis dato so nicht bekannt war.

Lou Reed, Foto © Chris Felver

Überdies diente die Factory als Proberaum für die von Warhol protegierte und produzierte Rockband „The Velvet Underground" mit ihrer blonden, deutschstämmigen Chanteuse Nico.

1989 spielten Lou Reed und John Cale den Liedzyklus **„Songs for Drella"** zum Gedenken an ihren zwei Jahre zuvor verstorbenen früheren Mentor Andy Warhol ein. Bei der letzten Aufführung am 3. Dezember 1989 übernahm Maureen Tucker bei dem Lied **„Pale Blue Eyes"** das Schlagzeug.

So, jetzt mussten Tim, mein deutscher Taxi-Driver, und ich uns beeilen, um eines der schönsten tierischen Schauspiele in New York vis-à-vis des Central Parks zu bestaunen. Die Anwesenheit eines Rotschwanzbussards, der stolz von einem Wohnhaus in der Fifth Avenue aus los fegte, um vom Himmel über dem Central Park aus nach Beute zu suchen, war die lokale Sensation und es passierte direkt vor meinen Augen.
Pale Male, wie er bald von den Anwohnern genannt wurde, brachte es zu einiger Berühmtheit - erst bei den Anwohnern, dann bei den New Yorkern im Allgemeinen. Dieses Schauspiel zog das Interesse von Naturforschern, Fotografen und Journalisten aus aller Welt auf sich.
„Treffen Sie Pale Male – einen Rotschwanzbussard, der das Leben im Big Apple gewählt hat und eine Falken-Dynastie auf der Kante eines prächtigen Hochhauses mit Blick auf den Central Park gegründet hat", hieß es und man machte sich auf den Weg zu ihm. Jeden Tag versammelten sich Scharen von Birdwatchern, Zuschauern mit Ferngläsern und Teleskopen im Park, um Pale Male auf seinem Sims zu beobachten.

Pale Male habe ich sofort in mein Herz geschlossen, sein majestätischer Anblick in der Luft und seine Hingabe für seine Küken hatten etwas sehr Berührendes.

Ein Jahr später, ich war wieder in Europa, las ich, dass der Bursche sich verliebt hatte. Ratet mal, welchen Namen die New Yorker dem Weibchen gaben? First Love. Die große Liebe hielt bis 1997, da starb First Love an einer vergifteten Taube aus dem Central Park.

Nach dieser Reise besuchte ich Pale Male noch zwei weitere Male. Der Bursche war ein Draufgänger. Hier die Namen seiner Freundinnen in den Jahren vor seinem Tod: Lola, Blue, Ginger und Zena. Den Schlusspunkt setzte Pale Male aber mit Octavia seiner achten Frau! Pale Male ist tot! Es lebe Pale Male! Er ist für immer in meinem Herzen.

Meine Oase der Ruhe damals in NYC,
Fotobearbeitung © Sandra Ehrler

„Okay", sagte ich zu Tim, „jetzt ab nach Hause, wir Essen zeitig." Gesagt, getan und schon war ich wieder am Hotel und in einer anderen Welt, die aber auch sehr schön war, denn Rosi und die Jungs freuten sich schon auf mich. Offensichtlich hatten sie mir verziehen und ich nahm mir fest vor, nicht immer gleich beleidigt zu sein. Es waren ja nur die Defizite an Selbstvertrauen, die mich so blöd und infantil haben reagieren lassen.

„Wie war es bei Euch", fragte ich. „Ja witzig, denn es hätte beinahe nicht geklappt." Rosis Führerschein, der graue Lappen, war noch auf ihrem Mädchenname Rosmarie Pade eingetragen. Der Ausrufer am Hudson River rief also in die Menge: „Rose Pade" (gesprochen „Pait"), aber keiner fühlte sich angesprochen - bis Rosi klar wurde, dass sie gemeint war. So konnten die Vier den mittlerweile geliebten blauen Plymouth wieder in Empfang nehmen.

Damit ging es dann nach Long Island, einen Freund besuchen. Wir waren schon einen halben Tag zu spät, SMS gab es noch nicht, und wir fuhren auf dem Highway 27 zwischen East Hampton und Montauk. Es war der schmale Streifen Land im Atlantik, dem südlichen Finger von Long Island, an dem uns Dirk mit seiner Tante schon seit einigen Stunden erwartete. Typisch für hier ist, dass das Wetter sehr schnell umschlagen kann, und plötzlich ist Hochsommer oder Herbst. Bei uns wurde es dann leider Herbst, und wir sonnten uns am Strand im dichten Nebel. Leute, so was vergisst man sein Leben lang nicht, so wie alles, was man so in dieser Mega-City erlebt.

Der nächste Tag war reserviert für den Central Park. Vom Hotel aus konnten wir den Park bequem zu Fuß erreichen. Wir spielten Football und Björn erklärte mir, wie man das Ei zu halten und zu werfen hatte. „Halte den Football mit Deinem Ring- und Kleinfinger über der Schnürung und deinem Daumen darunter. Dein Zeigefinger sollte über einer Naht liegen, und dein Daumen und dein Zeigefinger sollten eine L-Form bilden. Und ab damit." Es hat sofort funktioniert und der kleine Reini war happy. Vergnügt verbrachten wir einen ganzen Tag auf der „Großen Wiese".

Es gäbe noch sehr viel mehr zu erzählen, aber andere Städte möchten auch mal drankommen. Danke New York, Danke Rosi und Dank auch an Christian, Dirk, Olli und Björn für diese Reise!

Auszug aus einem gelesenen SPIEGEL Gespräch vom 08.10.1984 „Ein Märchen über die Mafia": Der italienische Regisseur Sergio Leone über seinen neuesten Film „Es war einmal in Amerika".
SPIEGEL: Herr Leone, nach dreizehn Jahren Pause kehrt der Spezialist für italienische Westernfilme zu seinem Publikum zurück. Aber sein Film ist diesmal kein Western, sondern ... ein Märchen über die Mafia.
LEONE: „Es war einmal in Amerika" ist eine Fabel, wie alle meine Filme Märchen für Erwachsene waren.
Dies ist das Motiv meiner Filme und das erklärt vielleicht, warum meine Filme – ich denke an „Spiel mir das Lied vom Tod" – die Zeit besser überstehen als

andere: Sie schweben im Reich der Fabeln, sie schwe-
ben außerhalb ihrer Epoche und der Mode, die sie kre-
ieren.

SPIEGEL: Warum aber stürzt sich der Italiener Sergio
Leone immer wieder auf amerikanische Sujets?
LEONE: Ich will die Geschichte meines Amerika erzäh-
len, des Amerikas, das mich so stark beeinflusst hat.

Über Robert De Niro, den Hauptdarsteller des Films,
sagt LEONE noch später im Interview: De Niro ist kein
Schauspieler. Er ist ein Chamäleon. Solange er nicht si-
cher ist, daß er aufgehört hat, De Niro zu sein, und
noch nicht total in seine Rolle geschlüpft ist, dreht er
eine Szene erst gar nicht. Ich glaube, Marlon Brando
hat recht, als er einmal über ihn sagte: "Er ist der beste
Schauspieler der Welt. Ein Glück ist, daß er es nicht
weiß."

Robert De Niro in „Es war einmal in Amerika",
Foto © Angelo Novi

MEIN FREUND DER MALER

„Paint it Black"

Es ist ein milder Januartag 2018 und ich quäle mich jetzt schon seit 10 Tagen mit Husten, Schlappheit und Schwindel herum. Eigentlich bin ich ja, was meine Krankheit betrifft, bisher immer hart im Nehmen gewesen, aber diesmal kam ich nicht umhin, meinen kleinen neuen Rollkoffer - vier Räder, sehr praktisch - schnell zu packen, ein Taxi zu rufen und in die Klinik zu meinem Professor zu fahren. Florian Weißinger sah mich, ließ seine Assistenzärzte stehen und zog mich sofort aus dem Verkehr. Es ging mir echt nicht gut!

In den ersten Tagen in der Klinik stieg mein Fieber bis auf 39,9 °C, was nicht gut war, wie man mir sagte. Die verabreichte Antibiose zeigte noch keine Wirkung, mein Professor suchte nach einer Lösung, denn der Erreger schien irgendwie resistent zu sein. Zu allem Übel, als hätte das hohe Fieber nicht schon gereicht, war die Diagnose jetzt Lungenentzündung. Sandra machte sich große Sorgen, aber ich gab ihr irgendwie die Sicherheit, dass alles gut ausgehen wird.
Ab jetzt begann eine Woche lang jede Nacht der Kampf gegen das Fieber, mit fiebersenkenden Medikamenten, Schwitzen, Kleidung wechseln und im Prinzip ohne Schlaf. Das gab mir Gelegenheit, meinen Gedanken mehr Aufmerksamkeit zu widmen, als es im Alltag möglich war.

Ist es das Fieber, die Stille der Nacht, das fehlende Fernsehbild oder das nüchterne kalkweiße Krankenzimmer, dass man Menschen oder Ereignisse aus seinem Leben viel klarer sieht? In einer dieser Nächte dachte ich lange über Hajü, meinen Freund den Maler nach.

Hans-Jürgen Geyer sitzend vor seinen Bildern,
Fotobearbeitung © Sandra Ehrler

Ich trug nicht seinen Namen, aber nach seinem Tod seinen Wintermantel. Der dezente kleine Sticker mit dem Namen „Pierre Cardin" war auf der linken Innenseite aufgenäht. Den Mantel trage ich jetzt schon im siebten Winter, so viele Jahre schon leben sein Sohn Oliver, seine Tochter Stefanie, seine Frau Rosmarie und ich ohne ihn.

Nie zuvor in all den vielen Jahren hatte ich erlebt, wie groß das Vakuum ist, dass Hajü so viele Jahre für uns ALLE zu jeder Zeit ausgefüllt hat. Das gilt noch bis heute und wird immer so bleiben, auch wenn die Zeit vieles leichter macht.

Als ich ihn kennenlernen durfte, fuhr er noch einen englischen Sportwagen, das Kult Auto Triumph TR 6, in Racinggreen mit hellbraunen Ledersitzen, erlesener Holztäfelung für die Instrumente und einem hippen Holzlenkrad. War es die Sehnsucht nach dem puren Fahrvergnügen oder gar eine Midlife-Crisis, die ihn dieses Auto fahren ließ? Oder gar die ewige Suche nach der Jugend?
Ich fand, es passte zu ihm, wie auch die Wahl der Kleidung: Lederhandschuhe, elegantes Basecap ohne Logo, seine weichen seidenen Schals und die Lederjacke. Alles hatte einen besonderen Stil, den er aber nicht erzwingen musste. Er hatte ihn! Es war eine Zeit in seinem Leben, da hatte auch er seinen TR 6-mal abbiegen lassen, so wie ich es auch schon vor ihm tat.

Wenn ich genauer über ihn und mich nachdenke, so hatten wir zwei die „Seele eines Vagabunden", was auch etwas damit zu tun haben könnte, dass unser Geburtstag auf ein und denselben Tag fiel. Ich blickte zu Lebzeiten voller Sympathie zu ihm auf, hing an seinen Lippen, wenn er über sich, mich und das Leben philosophierte. Am liebsten mochte ich seinen Wortwitz, der war unschlagbar. Beispiel? Als ich von einem Stadtteil in einen anderen umziehen musste, lag meine neue Wohnung über einem Hutgeschäft. Er sah mich an, als er das erfuhr und sagte: „Na dann bist du ja jetzt gut behütet."

Die Musik verband uns sehr, obwohl er in erster Linie ein Fan der klassischen Musik war. Mitunter verirrte er sich musikalisch aber auch in den Weiten Skandinaviens oder versuchte, Georg Deuter zu deuten. Mein Wortwitz! Wir trafen uns dann beim Hören aber immer wieder bei Cat Stevens, Leonard Cohen, anderen Singer Songwritern, Jethro Tull und den Stones. Alle und noch einige mehr hatten ihren Platz bei ihm. Von ihm habe ich gelernt, dass die Musik eine Säule der Demokratie ist – auch wenn das von Star-Bariton Thomas Quasthoff stammt. Hajü hat es mir vorgelebt.

Es war mir eine große Ehre, als er noch lebte, ihm seinen iPod mit Musik zu füllen oder ihm seine ausgefallenen Musikwünsche zu downloaden. Er war der einzige, mit dem ich mich über populäre Musik austauschen konnte. Seit ich ihn kannte, machte auch ich einen Kompromiss in Sachen Klassik und tummelte mich häufiger auf Klassik-Rock Scheiben, und die „Night of the Proms" Übertragungen aus London waren ab da ein Pflichttermin im TV für mich.

Wir waren uns sehr ähnlich, spielten in einer Liga: ich immer im Abstiegskampf und Hajü immer auf dem Weg zur Meisterschaft. In vielen Gesprächen mit ihm wurde mir klar, dass er eine Bewusstseinsstufe oder Seelenreife erreicht hatte, die ich nicht erlangen werde, aber auch gar nicht anstrebe. Ich wusste, dass das sehr anstrengend werden würde, und hab also nur versucht, den Klassenerhalt zu schaffen, um in der Sportsprache zu bleiben.

War es unsere Vagabundenseele, die mich im Laufe unserer Freundschaft zu seiner Frau Rosi hinzog oder nur purer Zufall? Wir waren über ein Jahrzehnt ein Paar, sie blieb im gemeinsamen Haus mit ihm wohnen, die beiden boten den Kindern ein normales Familienleben, und ich behielt meine Freiheit. War ja auch ein Vagabund. Hajü hatte sich also seine berufliche Freiheit längst erarbeitet, führte mit Rosi eine Werbeagentur, und seine familiäre Freiheit hatte er sich einfach genommen. Er war Künstler nicht nur in seinen Grafiken oder Bildern, sondern auch ein Erlebnis auf Zeit, wenn man ihm zuhörte oder ihm gegenüberstand. Alles was er sagte, war wohlüberlegt, nie zu widerlegen, und hatte einen besonderen Klang nicht nur für mich. Er war ein Popstar in seinem Umfeld!

Weihnachten '96 malte er für mich, nächtelang, mein Idol John Lennon. Das ist ja jetzt mehr als zwanzig Jahre her, aber das Ölbild auf Leinwand ist seit der Entstehung der Mittelpunkt meiner kleinen Wohnung über dem Hutladen, den es leider nicht mehr gibt.

John Lennon © Hans-Jürgen Geyer

Es hängt genau gegenüber von meinem zweiten wichtigen Bild. Das hatte ich mir von Sandra gewünscht. Es bildet in der Mitte den Schriftzug The Beatles und wird umschrieben vom Text des Songs **„In My Life".**

Als er starb, war ich im Urlaub. Vorher durfte ich ihn mit einem Freund kurz für eine Woche betreuen. Die Beerdigung fiel mir nicht leicht, den Sarg berührte ich kurz mit den Fingern und murmelte „Mach`s gut mein Freund". Die Lücke, die er hinterlassen hat, ist so riesengroß, dass sie von niemanden mehr ausgefüllt werden kann.

Heute bete ich abends für seine Seele. Warum ich das tue, kann ich nicht erklären, aber der Song **„Paint It Black"** von den Stones ist wie ein schwarzes Band zu ihm.
„I wanna see your face painted black, black as night, black as coal, Don't wanna see the sun, flying high in the sky, I wanna see it painted, painted, painted, painted black, yea"! (Text: Jagger/Richards)

Der gute Ton von Hajü Geyer

Thomas Alfa Edison der schätzte sehr den guten Ton.
Insofern lag es auf der Hand, dass er das Grammophon
erfand.
Begann die Töne so zu speichern, um die Welt mit Mu-
sik zu bereichern.
Und dann kam er - aus Trichters Rohr - krächzend ver-
traut, der „Troubadour".

Hommage an Andy Warhol © Hans-Jürgen Geyer

HEIKE, LUIGI UND DIE ANDEREN

„Out of the Dark"

Eine Einführung

Mit Chris, meiner ersten und einzigen Ex-Frau, habe ich eine gemeinsame Tochter. Heike. Sie wurde schon vor langer Zeit im Januar 1972 geboren, und ich war nicht dabei. Ich hatte mich längst aus dem Staub gemacht und die Verantwortung jedes Mal verweigert, wenn Chris verzweifelt versuchte, sich vor der Geburt aus ihrem sicheren Zuhause zu lösen, um mit mir in eine ungewisse Zukunft zu gehen. Eigentlich ist verweigern nicht das richtige Wort. Es war eher Angst, Unreife und die Hoffnung, wenn ich die Dinge einfach laufen ließe, ohne mich zu „bewegen", würde sich alles von selbst klären. Die Wahrheit aber war, dass ich zwischenzeitlich - während meiner Zeit bei der Bundeswehr im hohen Norden und danach auf der Textilfachschule in Nagold - vom Leben in der Freiheit einen verbotenen Schluck genommen hatte und süchtig geworden war.

Von allein klärte sich mal wieder nichts, und das Gegenteil trat ein. Die Tragödie nahm für alle daran Beteiligten ein solches schlimmes Ausmaß an, dass die Folgen von einer Generation bis zur nächsten immer stärker bemerkbar und sichtbar wurden. Die letzte in der Reihe der „Gebrandmarkten" ist die Tochter meiner Tochter, die mit ihren gerade mal 16 Lenzen die ganze Wucht des Lebens, verursacht durch die Fehler vieler anderer aus den Jahrzehnten davor, abbekommt. Viele schwierige Jahre hatte Sie schon hinter sich, und weitere Jahre des schweren Kampfes werden folgen, ja, sind ihr leider sicher.

Die Adoption

Folgt mir in das Jahr `78, Heike war sechs. Ich hatte sie nur einmal, kurz nach ihrer Geburt gesehen, sogar in meinen Armen gehalten. Die darauffolgenden Jahre bis zu ihrer Adoption hatte ich vogelfrei gelebt, das schlechte Gewissen und die Schuldgefühle von Ort zu Ort mitgeschleppt. Der Adoption stimmte ich sofort zu und den letzten Satz in der Urkunde „unwiderruflich" hatte ich wohl überlesen. Eine Adoption ist wirklich unwiderruflich!

Heute, es ist ein Samstag im Februar 2018, sitze ich mal wieder im Zug ins Düsseldorfer Exil und schreibe an der letzten Episode meines Buches German Glückskind 2. In der rechten Hand halte ich den Kugelschreiber, mit der linken blättere ich unbeholfen im dreiseitigen Schreiben meines Anwaltes vom 17.02.78. Mann oh Mann, jetzt fällt mir auf, dass es ja genau auf den Tag 40 Jahre her ist, das mit der unwiderruflichen Adoption. Ich hasse das Wort unwiderruflich!

Wie die Wahrheit ans Tageslicht kam

Wieder sind 10 Jahre vergangen, es ist das Jahr 1988, und ich sitze einem jungen Mädchen gegenüber. „Sweet sixteen", blonde Haare, eine dunkle Sonnenbrille, so dunkel wie Schokolade mit 80 Prozent Kakaoanteil — und aufgepasst: mit den von mir gnadenlos vererbten markanten zwei Muttermalen auf ihrer rechten Wange.

Meine Tochter Heike sitzt mir also gegenüber im Café Vetter in Marburg, einem meiner Sehnsuchtsorte, hoch oben in der Oberstadt. Neben Heike sitzt Karl-Heinz, ein sehr guter Freund, der sich 2013 erhängt hat. „Das war schrecklich", schreibt sie mir neulich auf Facebook. Rosi meine damalige Partnerin war noch dabei, die saß rechts von mir. Der typische Cafétisch hatte eine übertrieben gestärkte, aber saubere Tischdecke. Normalerweise verirrte sich zu der Zeit der ein oder andere Kaffeefleck auf der Decke. Ein Überbleibsel aus den 70er Jahren war die kleine Blumenvase mit echten rosafarbenen Röschen. Wir saßen auf roten, schon leicht abgesessenen Plüschsesseln. Sicher habe ich früher schon einmal, auch heimlich, mit Chris auf einem der Sessel im Café Vetter gesessen.

Damals, als wir uns so gegenübersaßen, verlor ich langsam die Scheu und Angst, denn unser Treffen war sowas von heimlich, da Heike von ihrer Mutter strengstens verboten worden war, mit mir Kontakt aufzunehmen. Aber wie kamen wir eigentlich an diesen Ort?

Heike rief irgendwann einmal an und wollte mich unbedingt kennenlernen, denn sie hatte erfahren, dass sie adoptiert worden war. Sie hatte das selbst herausbekommen. „Bin auf Spurensuche gegangen, denn einiges kam mir doch sehr komisch vor." Ich fragte sie: „Wie war das für dich, als du es wusstest?" „Also damals war ich schockiert wegen der Adoption. Dachte, ich wäre aus dem Heim."

Einige Wochen später

Ein greller Blitz erhellte die Landstraße Richtung Herzberg. Es war mitten im Herbst und ich war auf dem Weg zu Luigi, dem Pizzabäcker. Was suchte ich auf dieser gottverlassenen Straße, und wer zum Teufel war Luigi?

Einige Stunden zuvor hatte ich im Büro von Folker, meinem Boss im Tennisland Dornberg, der gerade auf Reisen war, gesessen, als plötzlich seine Frau Monika vom Empfangstresen aus zurief: „Reini, deine Tochter ist am Telefon, nimm bitte ab." Ja, jetzt war es raus. Mein gut gehütetes Geheimnis war ab da keines mehr und das war gut so. Ich nahm ganz aufgeregt den Hörer in die Hand und hörte Heike sagen: „Dad, kannst du mich abholen?" Natürlich konnte ich.

Das Licht kam direkt aus dem Dunklen, und ich schrie den Refrain vom Song **„Out of the Dark"** von Falco dem Blitz entgegen. Es war ein magischer Moment, aber letztlich nur ein Blitzer. Die im Harz müssen es damals ja nötig gehabt haben. Eine Zahlungsanweisung über Achtzig Deutsche Mark flatterte Tage später in meinen Briefkasten, dafür konnte ich aber für Heike da sein.

Ich fuhr direkt zu der Pizzeria, in der Luigi arbeitete, und traf dort auf Heike. Sie hatte sich bis über beide Ohren in Luigi, den Pizzabäcker, verliebt.

Heike, Luigi und ich, Fotobearbeitung © Sandra Ehrler

Luigi war wirklich ein netter Typ, doch es half nichts: Heike musste mit ihren süßen sechszehn Jahren jetzt möglichst schnell wieder nach Hause. So packte ich sie in meinem Wagen und fuhr sie auf direktem Weg wieder zurück nach Marburg, in der Hoffnung, dass sie weder mit ihrem spontanen Ausflug noch mit mir von ihrer Mutter erwischt würde. Doch dabei muss etwas schiefgelaufen sein. Meine Ex-Chris hatte es irgendwie doch herausbekommen, und dass Heike mit mir ganz offensichtlich Kontakt hatte, schien ihr erwartungsgemäß überhaupt nicht gefallen zu haben.

Und so kam es, dass wir nur wenige Zeit später schon wieder im Café Vetter saßen, und zwar zu viert - Heike, Chris, Rosi und ich – bei Kaffee, Kuchen und Zigaretten. Widerwillig willigte ich bei diesem Treffen ein, den Kontakt zu meiner leiblichen Tochter unwiderruflich einzustellen. Ich hasste dieses schreckliche Wort jetzt noch mehr! Obwohl Günter Schabowski 1989 noch treffender sagte: „Das tritt nach meiner Kenntnis … ist das sofort, unverzüglich."

Einige Jahre hielten Heike und ich uns daran, aber dann durchbrachen wir beide das Unwiderrufliche, und es wurde auch höchste Zeit. In den vergangenen Jahren passierte viel in ihrem Leben, und ich war jetzt endlich da, wenn sie mich brauchte.

Mit Luigi ist Heike übrigens noch immer in Kontakt und sogar immer noch sehr gut befreundet. Die erste große Liebe ist eben etwas Besonderes!

Zeitenwende

Heike hatte mir später nicht nur über ihre alles geliebte Tochter Annika, sondern auch über mehrere unglückliche Lieben und ihre gescheiterte Ehe mit Mister X, aus der ihre Tochter stammte, berichtet. Von da an wurde ich als „neutraler" Ratgeber ab und an von ihr eingeflogen, um mir den Mann, der es jetzt sein sollte, mal anzusehen. Sie war immer ganz stolz und hatte nur den einen Wunsch, einen treuen und verlässlichen Partner fürs Leben zu finden und mit viel Liebe für sich und ihre Tochter ein Nest zu bauen. Die Verlustängste aber standen ihr lange Zeit im Weg, und das Klammern war für Heike so die einzige Strategie – zumindest damals. Diese Strategie und das Gefühl, von dem Mann an ihrer Seite ganz und gar abhängig zu sein, führte aber zu Nichts und endete leider nicht nur einmal in einem Meer aus Tränen. So musste sie in den letzten zehn Jahren mühsam lernen, das eigene Leben kreativ zu füllen und sich auf die eigenen Beine zu stellen, um sich von den Jungs ein wenig mehr unabhängig zu machen und damit bedingungslos eine wichtige und sichere Begleiterin für ihre Tochter sein zu können.

Hilferuf

„Du Dad, ich brauch' Dich. Bin bei den Psychos. Hab mir die Pulsadern aufgeschnitten!" Als ich in der Klinik in Marburg ankam, nahm ich ihren Arm und sah den Schnitt - „Gottseidank" nur quer und nicht längs. Das jahrelange Leben mit den Ängsten vor dem Alleinsein und mit den immer wiederkehrenden instabilen Beziehungen hat nicht nur körperlich seine Spuren hinterlassen. Der unendliche Hass ihrer Mutter auf mich war so krass, dass jegliche Liebe, Wärme und Unterstützung von Beginn an fehlte. Auch jetzt waren weder sie noch ihr Halbbruder – der Priester – in der Lage, Hilfe anzubieten. Das passte wohl nicht in beide Weltbilder.

Die Lücke zu füllen fiel mir nicht schwer, und so machte ich mich dann mehrmals in der Woche auf den Weg in die Stadt, wo alles begann. Es war eine andere Welt inmitten der Psychos, wie Heike sie liebevoll nannte. Hier war man, fiel die Eingangstür hinter einem zu, gleich mittendrin. Ein nur Dabeisein gab es da nicht. Man sitzt am Frühstückstisch, wird gemustert und jeder und jede brabbelt auf dich ein. Die Menschen mit ihren „irren" Geschichten sind so lustig und hätte ich zeichnen können, wären damals tolle Comics entstanden. Man fragt sich in diesen Momenten: Wer ist hier eigentlich wirklich verrückt? Der sympathische Matthias, der schon morgens vom BND verfolgt wird und der so tut, als ob er mir wichtige geheime Unterlagen zusteckt, damit sie der Geheimdienst nicht bekommt. An einem anderen Tag fragt er mich, und ich glaube dabei ein Blitzen in seinen Augen erkannt zu haben: „Kannst du mich bitte nach Bonn fahren. Habe einen Termin mit dem Direktor des BND." Ja, damals befand sich das Epizentrum der Politik noch im beschaulichen Bonn.

Aber richtig menschlich wurde es erst im Raucherraum. Da flossen dann auch Tränen, war Wut spürbar ob der Situation, und ich vermisste die tägliche Unterstützung von nahen Verwandten oder Freunden. Hier war keiner einsam, aber in jedem Moment allein. Heike verlor nicht ihren Humor. Sie hatte die Fähigkeit, wieder aufzustehen und kämpfte sich nach einigen Wochen aus der Klinik heraus.

Noch einmal versuchte sie ein Nest zu bauen. Aber statt, wie sie es bisher getan hatte, abzuwarten und zu hoffen, dass doch alles für immer gut werden würde oder der Typ irgendwann „Bye, bye" sagte und sie alleine zurückließ, tat sie es dieses Mal selbst: Sie sagte „Bye, bye", nahm sich eine eigene Wohnung und stellte sich auf eigene Füße. Das fand ich ziemlich gut! Ab da wurde sie zur Einzelkämpferin und das macht sie mehr als gut in den letzten Jahren!

Chapeau liebe Tochter!

Out of the dark (Aus dem Dunkeln) – Hörst Du die Stimme, die Dir sagt „Into the light" (Ins Licht).
(Text: Falco alias „Hans Hölzel")

Zeitlos – Tochter und Vater,
Fotobearbeitung © Sandra Ehrler

HOMMAGE AN ANGELO NOVI

„Pazza Idea"

Wo bin ich? Am Laptop in meiner Wohnung, das ist mitten in der Stadt, aber die schläft noch friedlich. Nur das Klappern der Briefkästen ist vereinzelt zu vernehmen, wenn die Zeitungsboten die Tageszeitungen in den Schlitz stecken. Wie spät ist es? Fünf in der Früh. Warum schreibe ich jetzt eine kleine Geschichte für Euch?

Bin vor lauter Vorfreude auf das Finale der sechsten Staffel von **„Downtown Abbey",** der Kultserie, die ich mir seit X-Mas täglich auf Amazon reinziehe, schon um drei wach geworden. Kaffee war schnell gemacht und los gings. War es die frühe Zeit oder der dramatische Höhepunkt des Finales, was mich minutenlang „Rotz und Wasser" heulen ließ? Und warum erzähle ich Euch das jetzt, denn Ihr schlaft ja sicher noch und träumt nicht von „Elizabeth McGovern"? Wer zum Teufel ist diese Frau?

Ja, die Deborah aus dem Film **„Es war einmal in Amerika"** von Sergio Leone mit diesem grandiosen Foto von Angelo Novi, auf dem der Meister Sergio Leone die Deborah alias Elisabeth McGovern in Szene setzt, und Angelo „einfach" beide über Leones rechte Schulter fotografiert. Ein Traum in Schwarz und Weiß.

Elizabeth McGovern in „Es war einmal in Amerika",
Foto © Angelo Novi

Jahrzehntelang lagen die Schwarz-Weiß-Fotografien des weltberühmten Angelo Novi unentdeckt irgendwo in Italien herum, bis sein Enkel, Pietro Hoffmann, diesen wertvollen Schatz aufstöberte.

Die Wiederentdeckung soll purer Zufall gewesen sein – aber was für ein Glück! Und auch ich hatte wieder mal großes Glück, dass ich rein zufällig mit meiner Freundin eine Ausstellung besuchte und zum ersten Mal in meinem Leben seine Fotografien sah. Meine Begeisterung, die Idole meiner Jugend in der Galerie Rupert Pfab in Düsseldorf wiederzusehen, war so groß, dass mich Sandra und Rupert Pfab persönlich sehr freundlich ansahen und mir mit aufgelegten

Zeigefingern am Mund bedeuteten, doch bitte etwas leiser begeistert zu sein.

Aber wie sollte ich? Da waren sie wieder: Marlon Brando, Claudia Cardinale, Maria Schrader, Robert de Niro und die heute noch unglaubliche Elizabeth McGovern – alle in Schwarz-Weiß. Mir fiel ein Satz wieder ein, den ich ein paar Tage zuvor in einer anderen Ausstellung gelesen hatte, die ich auch mit Sandra besucht hatte, die übrigens auch sensationelle Fotos in Schwarz-Weiß macht, es aber nicht weiß. Da stand der Satz von Peter Lindbergh: „Was so bemerkenswert an der Schwarz-Weiß-Fotografie ist, ist, wie sie das Gefühl von Realität zum Vorschein bringt."

Angelo Novi war und ist für mich der Vater dieser Realität.

Zurück in die Galerie zu Rupert, Sandra und den Bildern vom Meister. Der Kontakt war schnell hergestellt, denn wer konnte schon einem Krebskranken, der überschäumte vor Freude, einen Wunsch abschlagen? Rupert Pfab nicht, und der Kontakt zum „Schatzheber" Max Pietro Hoffman war in Sekundenschnelle hergestellt. Die Fotografie von Claudia während einer Drehpause von **„Spiel mir das Lied vom Tod"** wollte ich unbedingt haben. Ich bekam sie für das Buch „German Glückskind" und war stolz.

Wir hielten uns den ganzen Abend in der Galerie auf und erfuhren eine Menge über die Entstehung der Bilder. Zum Beispiel, dass sie separat in den Drehpausen für die Schaukästen der Filmtheater geschossen wurden. Was für ein Glück, noch heute! Mehr denn je und überhaupt.

1997 starb Angelo Novi, und wir sagen in unserer kleinen Bielefelder Enklave: Danke Signore Angelo Novi.

Im gleichen Jahr erschien die letzte Langspielplatte der italienischen Sängerin Patty Bravo mit dem Titel **„Bye, Bye, Patty"**. Ich rufe einfach „Addio Angelo"!

Claudia Cardinale in „Spiel mir das Lied vom Tod",
Foto © Angelo Novi

DISKOGRAFIE

Jeder ist ein Star singen „The Kinks" in **„Celluloid Heroes"**, aber Klaus Hoffmann erwiderte No, No, No: **„Mein Weg ist mein Weg"** und rief seiner Mutter hinterher **„Ciao Bella"**, bis er **„Hinter Tüten"** verschwand, aber nicht, ohne zu versäumen, auf dem Tisch den **„Salambo"** zu tanzen.

Dazu passend trällerte der damals noch lebende Elvis Presley **„Wooden Heart"** auf Deutsch, zu lange nach seinem Tode drang uns vom besten Gitarristen der Welt sein **„1999"** entgegen, was die Rolling Stones nicht abhielt ihre verschlüsselte Botschaft **„Brown Sugar"** aufzunehmen, um gleichzeitig das bunte Cover der „Ozark Mountain Daredevils" und die Musik der Band „Men Without Hats" zu loben.

Lange bevor das **„Forever Young"** von Alphaville die Japanischen Mädchen verzauberte, hielt ich das Album „Crime of the Century" von Supertramp in meinen Händen und hörte ganz in Gedanken den Song **„Dreamer",** als meine Freundin Sandra mir die neueste Wings-LP zuwarf und mich auf **„Venus & Mars"** und **„Letting Go"** als Anspieltipps hinwies, wofür ich ihr dankte, aber noch vor den Tipps zog ich mir **„Don't Look Back In Anger"** von Oasis rein. Auf Amazon TV lief gerade der Film „Blow-Up" und mittendrin spielten The Yardbirds **„For You Love",** als links unten am Bildschirm eine Werbung zu sehen war: 2 für eine – **„The**

Dark Side Of The Moon" + „Wish You Were Here" von Pink Floyd hatte Karstadt im Angebot, aber ich kaufte mir das Livealbum: „Verwahrlost aber frei" von Wolfgang Ambros, weil auch er so wie ich „Sympathy For The Devil" von den Stones laut hört, bevor das noch lauter gespielte „Candle in the Wind" von Elton John aus der Nachbarwohnung mit der süßen Bewohnerin den Song übertönt.

Der Konter von „Wolferl" lässt nicht lange auf sich warten denn „Satisfaction" von den Rolling Stones war jetzt bis hinaus in die Straße zu hören, da kommt mit lautem Gesang eine Schulklasse die Straße entlang und der Song „Another Brick in the Wall" von Pink Floyd erklang aus vielen Kinderkehlen, bevor die Lehrerin Louane das Solo von „JE VOLE" anstimmt, in das die Jungen und Mädchen sofort einstimmen und gleich noch hinterher als Zugabe „En Chantant" von Michel Sardou singen.

Im Schaufenster des Records-Shops lag das Album „The Wall" von Pink Floyd und daneben eine Live- Single von Miguel Bose „TI AMERO" und aus den Lautsprechern des Shops drang „Thank you for the Music" von ABBA auf die Straße des Glücks so wie in dem Lied „Il ragazzo della via Gluck" von Adriano Celentano dieser war ein großer Bewunderer von dem leider zu früh verstorbenen Lucio Battisti und seinem Jahrhundertsong „Ancora tu".

Im Radio beginnt ganz leise „**Wish You Were Here**" von Pink Floyd und als die letzten Töne verklungen waren, gab es eine Reminiszenz an die „Sixties": „**The House of the Rising Sun**" von The Animals an das nahtlos „**Jessi**" von Carly Simon folgte, aber die Freude über meinen Lieblingssong währte nur kurz, denn der Plattenjockey kündigte jetzt hintereinander zwei italienische Canzoni von Claudio Baglione „**Avrai**" und „**Strada Facendo**" sowie wieder mal aus den 60er Jahren das Grandiose „**Ça plane pour moi**" von Plastic Bertrand an.

Jetzt war ich es leid, rief den Sender an, verlangte sofort, nein unverzüglich mehr Rock, und zwar „**White Room**" von Cream und es ging los mit: *„In the white room with black curtains near the station",* aber ich war nicht in der Nähe des Bahnhofes, sondern ich wollte ja erst dorthin, um zu meiner Freundin nach Düsseldorf zu fahren, während der DJ versuchte mich nach dem harten Rock mit „**Tous les garçons et les filles**" von Françoise Hardy einzulullen, was ihm aber nicht gelang, denn ich nahm meinen Walkman, stülpte mir die Kopfhörer über und war jetzt mein eigener Sender und losging es mit „**I Got You Babe**" von Sony & Cher und schon war ich am Bahnhof und versuchte, in der Eingangshalle auf der großen Anzeigetafel mein Gleis zu finden, da trällerte eine Schulklasse „**Jingle Bells**" auf dem Weg zu den Gleisen und übertönte für kurze Zeit mein „**Dancing in the Streets**" mit Bowie & Jagger, was mir aber im Original mit Martha & The Vandellas näher war und ganz nah war ich beim nächsten Song von den Beatles „**Strawberry Fields Forever**", und hinterherjagte mir der verrückte John Lennon mit seiner Plastic Ono Band das hammerharte „**NEW YORK CITY**" auf die Ohren.

Im Speisewagen des ICE bestellte ich einen Kaffee und ließ mich von dem Song „**Can't Fight This Feeling**" der US-Band REO Speedwagon berieseln und war somit in der richtigen Stimmung für „**They Dance Alone**" von Sting und „**Die Weiße Rose**" von Konstantin Wecker.

Immer wieder aber habe ich den Song „**Lass mi amoi no d'Sunn aufgeh' segn**" von Austria 3 (Fendrich, Ambros & Danzer) im Kopf, denn der Text ist von dem leider auch zu früh verstorbenen Georg Danzer und er berührt mich, weil ich das genauso singen möchte, Tag für Tag, und Ruben Blades berührt alle mit dem Song die Verschwundenen, „**Desapariciones**".

Bei Sandra angekommen, legte ich gleich die LP „**Thommy**" von The Who auf und wir hörten „**Overture**" und „**It's a Boy**", was bis heute ein Meisterwerk war und es immer bleiben wird, so wie „**Pale Blue Eyes**" von der Andy Warhol Band Velvet Underground und als das Rauschen des Tonarmes uns mitteilen wollte „Hey, legt jetzt bitte wieder etwas auf", griff ich schnell zu den Beatles und legte vorsichtig die Nadel auf die Live-Version von „**You Can't Do That**".

Als der kurze Spuk vorüber war, rief ich Alexa zu: Spiel bitte das Album „**Songs for Drella**" von Lou Reed und

John Cale, was sie aber mit: „Ich finde keine Songs for Drella" beantwortete, also wünschte ich mir **„Paint it Black"** von den Rolling Stones, den hatte sie auch auf Abruf bereit wie auch meinen nächsten Wunschtitel: **„In My Life"** von den Beatles und von dem Titel gibt es auch ein Bild mit dem kompletten Text, das mir Sandra einmal vor vielen Jahren gemalt hatte, und Jahrzehnte sind auch vergangen, seit ich das erste Mal **„Pazza Idea"** von Patty Bravo in Italien live hörte und mit **„Out of the Dark"** vom auch zu früh verstorbenen Falco schließt sich der bunte Reigen meiner zweiten Diskografie.

CD Cover „Fowl Licks Live" © Hans-Jürgen Geyer

EPILOG

Lass mi amoi no d'Sunn aufgehn' segn

Lass mich einmal noch die Sonne aufgehen sehn,
halte mich fest und halte mich warm.

Halte mich tief versteckt in Deinen Armen
Früher sind wir stundenlang so gelegen.
Lass mich einmal noch die Sonne aufgehen sehn.

Ich weiß nicht, warum ich heute so frier
und warum es so finster wird in mir.

Grau in Grau, es kommt ein schwerer Regen.
Lass mich einmal noch die Sonne aufgehen sehn.

Jetzt wo alles wächst und alles blüht,
dass mir im Herzen drinnen ganz benommen wird.

Will ich mich nicht in die Grube hineinlegen,
Lass mich einmal noch die Sonne aufgehen sehn.

Weil ich gebe zu ich habe viel Fehler gemacht. Ich
habe viel zu oft geweint und viel zu selten gelacht.

Aber lass mich da nicht sterben deswegen.
Lass mich einmal noch die Sonne aufgehen sehn.
(Aus dem Österreichischen frei übersetzt, Original Songtext von
Georg Danzer)

ZUR PERSON

"Reinhard Moh 2018" ist das German Glückskind

Was bleibt, das bleibt:

Reinhard Moh ist am 18.05.1950 in Heidelberg geboren und seit 1975 wohnhaft in Bielefeld. Er ist Staatlich geprüfter Tennislehrer, Sportmanager IST und
seit 2013 Privatier. Er ist begeisterter Musikliebhaber
und treuer Beatles-Fan.

Im Jahr 2014 erkrankte Reinhard Moh an einer Krebs-
erkrankung, der er aber den Kampf angesagt hat. Als
Therapie hat er 2017 den ersten Teil seiner Buchtrilo-
gie "German Glückskind" mit dem Untertitel „Nur wer
sich ändert bleibt sich treu" geschrieben und selbst
verlegt. Nun folgt das zweite Buch „German Glückskind 2 – Im (Rück)Spiegel der Zeit".

Eine große Unterstützung hierbei war ihm, wie bereits beim ersten Buch, die ihm von Prof. Dr. med. Florian Weißinger (EVKB in Bielefeld) an seine Seite gestellte Kunsttherapeutin Ulrike Koch. Beide haben damit einen großen Anteil an der Entstehung seines zweiten Buches.

Ein Highlight seiner Arbeit am Buch war neben dem Zusammentreffen mit Klaus Hoffmann das Kennenlernen der von ihm sehr verehrten Elke Heidenreich, die ihm für das Projekt viel Glück wünschte.

Elke Heidenreich, das German Glückskind und Sandra Ehrler,
2018 bei einer Lesung in Düsseldorf,
Foto © Sandra Ehrler